男
kōda aya
幸田文
講談社
文芸文庫

JN043265

目次

男

男

男

濡れた男

鮭（しゃけ）の漁を見に行くのである。東京から札幌・釧路・根室を経てノサップ岬を訪ね、北に進んで知床（しれとこ）半島の漁場、羅臼（らうす）という町へ行くのである。鮭は河から稚魚で旅だって行き、大海のどこをどう廻って歩くのか、四年の旅を果てたのち、又もとの河へ帰って来る魚だと聞く。鮭の長旅もさることながら、その故郷に帰って来た鮭を見に行こうとする旅も、飛行機や急行列車があるとは云え、東京から決して短い旅ではない。でも私は、そこで漁を見ればすぐ東京へ帰るだけのことであり、漁場へ水揚げされた鮭は、塩の加工を受けると、それぞれ日本全国へこんどは陸の旅をして、都会の、農村の、山峡の、いろいろな台処さまざまな人の口をおとずれるのである。折から秋は深くて日は短く、なにかしきりに物事のはるけさを思いつつ、心急ぎして乗りものを継ぐ。

旅には思いがけない得もあれば損もある。鮭を見に行く旅が、こんなに美しいもみじに飾られた豪華な道であろうとは、思いがけない眼の福運に逢ったわけである。ひたすら鮭ばかりを思っていたから、釧路・根室間の汽車の窓は眼のさめるサーヴィスを受けた思いである。自然林のなかを行く道だから樹木や下草の種類も多く、したがってもみじの色の種類も多く、風情もそれぞれ違う。そして都会の人間の眼に第一に感じるものは、その染色の鮮やかさであった。心ゆくまで好きに染めている、という感じである。埃にさまたげられない、すっきりした染めあがりである。新鮮であった。だが車内の人たちはあまり感嘆したようすがない。これほどのもみじを、と不思議に思う。おそらくどこへ行っても新鮮なもみじが見られるのだろう。馴れては喜びがへる。私には「拝見している」というもみじである。

しかし、行くにしたがって風物は変る。林のなかの錦に包まれていれば北海道をさして感じないが、林を抜けて原野に出ればいちどに「北の国！」というきびしさがひろがっていて、気がひきしまる。眼の限りが黄いろく枯れた原っぱである。あれは地上何尺の葦だか荻だか、寸法をきめたような頭を揃えたそれが、風の吹きかたによるものか同一方向にその削いだような葉を向けて、押しあいつつ黙って立っている。劃一の、集団の、無言の、大黄葉群であるが、そのさびしさ！　鳥もけものも、動くものを容れていないのである。美しくもあるし、りっぱとも云えるけれど、なんとそのさびしさ。もしここに雨を与えるなら葦のもみじは、いよいよみごとに黄いろいだろうし、もし風を与えるならこの粗い葉は、乱れてこすれてどんな声をあげるだろう。雨も風もこのさびしさをより余計にするだけだろう。耕されざる土はよりつきがたい、寂寞とした美しさで展開されている。東京ものの私は車窓に見る原野にさえ萎縮した。まして、もしあそこへ立たされたらと想像するとたまらなかった。一ト口に北海道というと開拓精神と云うが、開拓精神は一朝にして成るものでないことがよくわかる。北の国はあらがねの荒いすがたをつけて、五尺の人へ迫っている。原野に立って平常心を失わぬ修練から出発するのが、開拓精神の基礎だろうか。それにしても、片葉の葦というものがあると聞いていたが、ここのはそれだろうか、あまりにもみんなが揃って片側へその葉を投げだしていた。私は、すなおとは何か？　と思わされていた。

　根室からノサップへ行く。さすがに北海道は道の幅が広い。自動車の数は少いし、ずっと気楽に走って行かれるのは嬉しい。すったもんだの交通事故ばかり多い東京から来ると、道を見て、むかしここへ来て政治をしたお役人を恋しく思う。今よりもっと人口は少かったろうに、こんな大きな道をつけてしまって、そこを人民がぽつりぽつりと背中をまるくかがめて歩いていたろうに、「いまにごらん、孫や子の時代にはこの道の広さが役に立つんだ」と期していたろうと思う。その通り、子だか孫だかの代にあたる私はいま自動車で走っているが、ここへシャベルを入れて道を踏みならした先代先々代の故人たちを、なつかしく偲ばないわけには行かなかった。

広いと云えばここはどこもかしこも広く、人の影はなくて、ちらりほらりと馬が一頭、牛が一頭という光景である。馬は勝手に動いているし牛は勝手に立っている。それでも境界線という定めもあり、柵も施して人と我との区別はつけている。もちろんそんな広いところへ柵を結ぶのだから、簡単至極な低い柵で、馬や牛は楽に越せるはずだが、彼等はよく心得ていておとなしい。にゅうっと立って暮して、日が暮れれば連れ戻しにも来るし、ほっておけばひとりでとことこわが家へ帰って行きもするという。広さのなかにある順応である。

馬や牛が楽々と見えるなかに人家は粗末なのが眼立つ。名高い冬の寒さがこれで凌げるのかと疑うほど、すき間多く壁薄く見える家が低く建っている。「みんな元気がいいんでさあ。とまあ、そう云って我慢しなくっちゃね」と運転手さんが云う。「覚悟のないものには辛い土地でしょうね」とも云う。

あらゆることに北の国は強さを要求しているもののごとくである。馬は鬣（たてがみ）に吹く風をさびしく思わないだろうか、牛は背に降る雨を哀しくは思わないだろうか。私は自分の感傷を邪魔っけに思う。が、そのそばから群鳥が舞い立って、黒い旅愁を誘う。かあ！　という。誰に鳴くのか？　私は烏の喉の奥に応えたく思い、自分が北海道へ捉えられたことを処置なく思うのであった。

岬ちかく、昆布のトラックに逢う。ここは薄く幅狭い昆布の産地である。海苔巻の海苔に代用するほど、肉質の薄い昆布だという。海岸の懐が狭く、昆布はとれても干し場に困る土地で、その悶着が絶えないらしい。あわただしく旅の車は、持たぬものと持てるもののわきを走り去る。

ノサップの燈台をおとなう。台長さんはかぜひきの厚著を起して案内してくれる。潮やけ日やけの顔に、いつも海を見つめている人特有の瞳をもっている。展望テラスに出ると、うっと鼻を塞ぎにかかって来る風である。崩れようとする天候の、重量ある風である。いっぺんに都会のへらへらなマフラーがしおられて、著物の絹を寒気がつらぬく。髪は逆だちに吹きあげられ、涙腺は刺戟され、それでも、「あ、巡視船がいる！」と云われると風をこらえる。すぐそこに船はいた。へさきもマストもしゅんと尖った感じで、ロシアの船は遠ざかろうとしている。歯舞（はぼまい）の、われわれがいまはしっかりとその名を知った歯舞諸島の、貝殻島の燈台もそこの眼の前すぐのところに立っているではないか。ああ、これがあちらの歯舞で、私のいるここが自分の国のノサップ岬のとっさきで、この三浬の海のまんなかに線を置いて、それが境界線なのだ。だが、これが境界だろうか。あまりにも手に取るような近さの、これが境界でいいのだろうか。いいも悪いもいまはこれが儼として境界である。ロシアの船はもうずっと船脚を早めて、浅いガスのなかに航跡を引く。貝殻島の燈台へ来ていたのだそうだ。

書いたものを眼に見ることも知るである。話を耳に聞くも知るである。けれども眼にその実態を見るという知りかたは、なんときつい知りかたか。今の場合、私は熱く知らされた。国と国との交際や、国のいきおいの消長というものや、むらむらもたと知らされた。望遠鏡を廻す指がこごえそうだった。脛が寒気でがたがた顫える。身を置いているところは燈台のテラスだ。下のほうに黒い海が白く泡立って狂ってい、黒い鳥と白い鳥が飛んでいた。ちいちいというように、きいきいというように啼き声をたてている。黒いのが鵜で、白いのがごめで、ごめのほうが啼くのだという。鷗の種属だそうだが、よくぞ住んでいてくれる鳥である。

「きょうの船はそんなに速くないけれど、凄く速い船もあるんです。越境すれば密漁ということになるんですし、それは漁民は誰もよく承知していることですし、そんな危険をあえて侵そうとして侵すものはいないのです。でも恐しいのは漁にひかれる気持なのです。目前のあそこへ行けば昆布はゆらゆらしているとなれば、夢みたいな心持にもなりましょう。でもそれは境を踏みだしたことなのです。あちらにはよくわかる設備があるから、すぐ船が出て来ます。それが速いのなんの！　船体などはっきり見えやしません。白いしぶきがぐうっとふっ飛んで来る、とでも云うのでしょうか。天気のいい日なんか、白い塊みたいなものがぴかぴか光ってやって来るんです、まぶしいようなもんです。とてもわれわれの漁師が持っているぽんぽん船や手漕ぎの小舟なんか、どうもなりません。一しょう懸命に逃げても境界内に戻るその僅かの距離より、あちらから白い塊が走ってくるほうが速いんじゃ、とても比較にもなにもなりません。拿捕されて行くときの気持を思いやると、ことばがありませんな。」

それでもタクシーの運転手の云う、「なんでも話に聞くと、あっちへ連れて行かれて調べられるとき、正直に日本沿岸にはもう昆布がなくて生活が立たない。貧乏で苦しいあまり、ついやってしまったと云うと、そうかと云ってくれるそうですよ」という噂話を聴くと、鼻のしんが痛くなってしまう。――そうかと云ってくれるそうですよ！

ノサップは濃霧の海である。燈台は本来の使命である燈（あかり）を持っているが、同時に霧のための笛を用意している。近くで聴けば耳がわれそうな響であろうが、視界の利かぬ海面でそれはどこまでどのように響くだろう。かすれて行くその笛を故国の声の最後として聴く拿捕されたわが漁船などというもののないようにと祈るのである。ノサップは歯舞七島を前にして「つらき岬」とよりほか云えない。

翌日は風をつけて雨が叩いていた。文明の利器の力を借りて、自動車で、風蓮湖を過ぎ厚床(あっとこ)へ出る。雨のもみじは一トしお花やいで、まことに錦の道である。錦を飾るということばがあるが、誰の飾った錦を何のゆえに私がお裾わけしてもらっているのか、不思議なくらい美しく彩られた道を行く。途中、車を降りてこころみに雑草を引けば、抜けてくる根のなかまで紅く染めている。この偽りのなさなのである。

厚床からは気動車で標津(しべつ)へ。そこで孵化場を訪ねたが、雨ははげしく、気温はさがっていて、億で数える卵を抱いた場内には、潺々(せんせん)と清冽な水が音たてていて、私は胴顫いして長居ができない。時間のゆとりもなし、ハイヤーを羅臼まで使いたいのだが、折からの雨に悪路を嫌って、どこの車庫も受入れてくれぬ。やむなくバスに頼る。なるほど相当な揺れかたをする。一合壜の牛乳は壜が歯にぶつかって飲むことができず、終点に著いたとき手に持っていた牛乳は三勺にへっていたほどである。

知床半島、羅臼町。シレトコとは地の果を意味し、ラウスはアイヌ語のラウシ——鹿や熊をとってそのあとの骨を埋めてある場処の意——から出ているという。「そんなに熊がいるんですか。」「はあ。内地の人は北海道は熊の銀座通りみたいに思ってるようですね。一週間以内に行くから熊の手配たのむ、と云ってよこした写真家さんがありますが、こればかりは、はいと云って御注文には応じかねます。」

でも秋の末には、冬眠のまえの食欲に駆られた熊が、食物をあさって夢中のあまり、絶壁からどっと農家の畑へ落ちたなどという、いかに熊が沢山いたかを語る話はのこっているそうな。羅臼岳をしょって陸にも絶壁、内ぶところ狭く海に噛まれて水にも断崖のあいだに、わずかに開けた港である。町にはいってたちまち諒解するのは、活気である。活気だってせわしいままに、男たちは無愛想にさえ見える。漁業組合はと訊けば、「あっちだ」とそれだけで行ってしまう。ゆうべはかなりなしけで遭難もあった由である。

あきあじというのである。秋の味の意なのかどうか知らぬ。秋の鯵ではない。鮭のことを云うのであるが、内地では聞かない呼称である。鮭の種類には紅鮭、銀毛、[魚+助](すけ)などとあるが、この時季に獲れる銀毛をあきあじという。特に美味であり、水揚げ量も大きい。誰でも鮭をたべないものはないのに、あきあじということばは道外へひろまっては来ないから不思議だ。

「何年も何年もこの漁に馴れてきた老漁師は、風の具合と紅葉の色で、その年の漁の模様を云いあてますよ。山の色がどうだから、さかなはもうそこまで来ているとか、きょうの北風の具合じゃさかなはぴんぴん躍ってるだろうとかね。それでその通りなんですよ。」……なんという優雅なすなどりびとの思いだろう。紅く黄いろいもみじと肌を刺す北風と銀鱗である。魚は漁るけれど、漁る魚には優しい愛情が向けられているのである。それでなくて、こんな美しい思いがもてるかとおもう。魚は北風に冷えて勇んで、生れ故郷の河水の味を慕い寄って来る。山はもみじで、清澄である。魚は河をのぼって産卵したのが生命をかけての帰著である。人はその魚を河にのぼらせないように、海の網で獲るのである。獲る業は荒くとも獲る心は優しい。ただ殺戮あるのみというのではない。

私は網をあげに行く船に請じられて、浜のごろた石に立つ。多少の海水に足をひたさなくては乗れない。「ほいしょ。」——ふわりと抱いて、苫にもしない鉄腕だ。あははは と船中十何人の働き手が朗らかに笑う。ごめが何百何千と浮いている。陸には烏がいかぶすまを飛んでいる。本州はまだ秋の陽だが、この海上はなごりなく冬の陽、冬の風である。海水は触れずともぞっと冷たい顔つきだ。陽のもたらす温度は容赦なく風に奪われて、私は八枚の著るものを重ねて寒い。「オーシュイヤ」というような音頭で、海の人は歌いつつ漕ぐ。赤いマフラーや臙脂ビロードの鉢巻をしている若者である。船がごめのそばを通ると、ごめはふわふわ浮いているが、うす桃色の小さい脚がしきりに水を搔いているのが透いて見えている。かわいい。

船は所定の位置に停止し、網が繰りあげられはじめる。男たちははじめからなのか、あとで穿いたのか、胸当のついているゴムの長ズボンをつけている。黒いゴムだから全身黒くて、からすだ。頸のマフラーが赤い。網は重い。クレハロンやサランの新繊維でつくられている網である。「流行の繊維を使っていますが、この定置網のしたては、銀座のニューモードよりずっと緻密な計算と、熟練した技巧がいります」と云う。

かけ声の拍子が短く高くなって、網は寄せられて来、早くも馴れた眼がまだまだ水深くいる魚の数を、「百か!」と読む。「はいってないね」と云う。えいやえいや。「しけあとでまだちょっと早い時間だ。」えいやえいや。私にもやっと見えた。丸くふとった青黒い背中で、魚は右往左往の速さで行きかう。えいやえいや。ばしゃばしゃっと重なりあった魚としぶき。よんしょっ! と大きく手繰られて魚は水をあがった。嬉しさと哀しさ。海の幸はここに盛られて、温度の低い陽はきらきらとしている。北の海である。ほっとした表情の男たちは、胸もズボンもずぶ濡れである。濡れて、これもきらきらと光る男たちである。髪は吹きさらされてそそけ、寒風に鼻のさきもおでこも赤く、ゴム手袋を脱いだ指も茹でえびのように赤い。そして白い歯で他意なくほほえみ、すぐに跡始末である。たばこもつけない精励さで、しごとは終りまでかたづけてしまうのが海の男の行儀だろうか。

そう云えばこの人たちは、網をあげはじめてからむだ口を一ト言も利かなかった。ほとんど無言で、眼が話してわかりあってるようだった。声もことばもなくて話の通じるのは、たがいに心をわかちあった間柄でなくてはできぬ。これも海の男の行儀だとおもう。波と風と魚しかいない海の上に、濡れてることなど気にもしていない男が、行儀を守って働いている。特別気負ってもいず、格別に主張もせず、平らかな心で働く老若の男の人！

陸あげして数えると百十五尾あったという。眼に狂いはないと驚く。俗に一ト起し千尾というそうで、百尾は不漁である。その同じ日の午後は、隣の網に八千尾という記録だから、漁には定めがたい運がある。百尾に八千尾は信じがたい差だけれど、漁業組合の作業ぶり、トラックの往来を見れば明確である。私はひとごとながら心が騒いで納まりがたい。「海っていうのはそういうもんです。騒いだってむだです。獲れる日があれば獲れない日もあって当然でしょ。だから亡びた家もむかしから何軒もあるんです。」動じないのである。「ほら、これがめすですよ。顔が優しくて、からだもすんなり丸いでしょ。これがおす。角張って、利かん気な顔してますし、魚体もいかついし、この口を見てください。丈夫そうにとんがってましょ。何の世界にも男と女ははっきりしてますねえ。」

鮭の習性は四年で産卵に戻って来て、産めばそれで生命は終るのだが、稀には四年以上たってから帰るのもある。一見して大きさがずばぬけている。これを［魚＋助］（すけ）という。頭（かしら）立って大きくりっぱな鮭をすけというのである。人名にも助太郎などというのがあるのは、頭立つものになれとか、一族の長の位置に生れたものへつける祝いの意であると聞く。鮭は口のなかが赤くなくて黒いと云われる。いま揚げたもののなかにも⿰魚助がいて、背中がぼってり厚かった。

海はひろい。魚のあがって来る河はきまっている。その河口へ網はいくつも張られているが、それでも逃れて河を溯って来る。又、逃して溯らせなくてはならぬ。一年産卵がなければ四年目にはそこへ帰って来る魚がないのである。産卵させなくてはならないし、産卵を保護する必要がある。いまは人工孵化が進歩している。だが溯上する鮭の夫妻はその努力と産卵後の結末が、あまりにいじらしくて正視できないほどだという。河口で妻と夫は相伴う。山川の石多き急流をのぼるうち真水を呑んで魚は、皮膚に変色をきたす。斑(ぶち)が出てきたなくなるのだ。そうなった魚をぶな毛という。卵を抱えた妻を庇って、おすは口のさきで石をはねのけ、砂を掘って、皮が剝げてしまう。産卵にいい場処となれば、もはや余程さかのぼって水は浅く、夫妻とも背鰭(せびれ)は水面を出てしまう。まったく動けるだけの水しかない浅さだ。鱗も剝げ落ち、からだの色も変り、すっかりみじめになった夫妻は最後の努力を尽そうとする。そこへ辿りつけるまでに、すでに仲間の数はぐっとへってしまっているのだ。おすは夢中で適当な場処を捜す。砂粒が大きくても小さすぎても卵を覆うのに都合が悪いのだ。そして丁寧に掘る。妻は産む。夫は害敵に備えて血眼だ。そして授精し、大切に砂をかけ終って、生涯のしごとは果される。夫妻ともに精根尽きて、ひどいのになればからだじゅう傷だらけで、しっぽも鰭も大概は形をなしていない。あとに残されているのは、自然の休息の時が来ることばかりである。もうどこへ行く処もないし、何をすることもないのだ。すべて終って、惜しくない生命の果てるのを待つのだ。美しかった銀鱗もいまはない。黒ずんだり白茶けたり、剝けて肉のただれたからだに、山川の秋深き水はあまりにも冷たかろう。魚は喘いで、深沈とした夜の風を聴き、昼の雨にうたれる。この精根尽きて死を待つ鮭を、ほっちゃれと呼ぶ。その語感のきびしさに私はたじろぐのである。

「あれはたしか正月休みだったかね。深い雪だった。一人でスキー持って出かけて、あの沢へ滑って来て休んだんだ。そうするとしんとしたなかで、いきなりがさっというんだ。何もいないんだねえ。雪の落ちたようすでもなし、枝の折れたんでもないんだ。それからふと気がついて、もしやと思って谷へ降りてみると、いたね。大きなほっちゃれがさ、からだじゅう腐って、みじめとも哀れとも、――おすなんだ。普通はそんなに遅くまで生きちゃいないんだけど、よっぽど強いやつだったんだね。なんだかしみじみしちゃって、りっぱなやつだなあという気もするし、かわいそうでたまらないし。何日、人気も何もない処でそんなになって生きていたんだが、おれが来たんで跳ねたんだ。縁というようなものを感じたよ。それで、どうせもうだめなんだから、手に取ってやったよ。おれの手の上で、それでおしまいになったんだ。静かなもんだったよ。びくりともしないで寝ちゃったんだ。」

雪の谷深く、形もないまでに崩れて、ほ、っ、ち、ゃ、れはすなどる人の手の上に終る。胸の濡れわたるおもいがある。

確認する

こだま号は三十三年のうれしい収穫だった。速くて、安全で、乗心地よくて、美しかったから、みんなに気に入られて、東海道線の新しい花形である。新しいもの・いいものが出現したとき、ともすると忘れられてしまうのが古くなったものである。忘れられるどころか、笑われさえするのが古物なのだ。かなしいと思う。しかし、鉄道のような大世帯になればどうしても、主要幹線を走る新鋭花形とともに、ローカル線にはなお残る使命を果しつつ働いている老衰車もあるのだ。こだま号をチャンスにして、花形への歓呼と同時に、老いて古くなったものへ感謝が捧げたく、列車の運転室をおとずれる。

私はひどくうっかりものだ。東海道へ旅をするとき至極あたりまえに汽車または電車を使い、これまた至極あたりまえに思って始発東京駅へ行き、そこへからの汽車なり電車なりが来ることは当然であり、自分はそれに乗るのが当然だと思って、余のことは別に何も考えなかった。そのからの汽車はどこから来るといえば、あっちから来ると思い、あっちとはどこだといえば、東京駅から出発するのだもの、東京駅の広い構内のどこかから出て来るのだと、漠然とそう思っていた。ところが鉄道にはそれぞれの区があって、こだまは田町電車区に属し、田町車庫から出発準備を整えて始発東京駅へ出かけて来るのだ。漠然とあっちからと思っていた恥かしさ。あっちのほうのどこかなどという曖昧迂闊なものは、絶対に鉄道にはないと、出発に当ってちくりと承知させられた。

運転士さんは二人、運転をする人と助手役と。これは替りばんこ。運転区間は車庫―東京駅―安倍川鉄橋上。鉄橋上で大垣機関区の運転士さんがたと交替するが、鉄橋上で下車するわけに行かないから名古屋まで休息しつつ行く。東京四時発第二こだまだと名古屋一泊、翌日上り第一こだまで東京帰著となる。運転士さんはあやしくない外泊を常習とする。でも奥さんはどうだろうと、ちらと思う。

所定の運転に就くことを仕業といい、運転に就くまえに運転士みずから列車の点検をする、これを仕業検査といって、時間にかかわらず毎回かならずである。むろん仕業検査以前にすでに、列車は他のおおぜいの手を経て清掃整備されて万全になっているのだから、その上の仕業検査は、念には念を入れである。

さて、これで時間が来て出庫して行けるのかと思えば、それはしろうとの考えであった。指導運転士さんは云う。「運転はすべて信号に従ってします。運転士は信号がいのちです」と。そこで時間きっちりに信号手が同乗して来、出庫線が本線に合併するところまで見送る。毎日毎度こういうふうにくりかえしているわけだが、しつこいほどの入念さとも思う一方、男のすることはかくも丁寧で、くりかえしを厭わぬ強靱さが保たれているし、かつ責任を遂げるということは情の深いことと同じ結果を生じると思わされた。だって本線まで見送られて御覧なさい。よし、かならず無事に帰って来るぞ！　と弾んだ元気が出るし、地もとを発って行くひきしまった感じがある。出発は「いってらっしゃい」と送り出されるのが、平凡にして新鮮な人情であり、鉄道の男の人たちはそれをちゃんと欠かさないでやっている。

東京駅。お客様が待っている。どの顔も、来た来た！　という表情。停止してドアがいたらざあっと、たちまちもうはいってしまった。あんまり早くはいってしまったので驚いた。いつもは自分だってそうなんだけれど、田町から運転席に乗って来て、多少運転士に同化した気もちでいたら、お客様の乗りこみの早さに啞然とした。お客はせっかちである。運転室に席を分けてもらっている以上は、二分の一くらいは鉄道がわのような気もして、こちらものんきにぼやぼやしちゃおれん！という感じ。

「出発進行。三十秒延。」――つまり三十秒おくれの出発だった。でも私だけはもっと後れた。三十秒おくれたんだなとやっと合点したとき、もう走っていたからである。それほど始動はするりとしていた。冬至まえの四時だから、早くも夕やけは薄れようとして、路線前方には薄むらさきのガスが漂い、遠い疾走がはじまった。眼も心も凝る。

　こだまの人気は想像以上で、沿線に子供がたくさん待ち迎えている。素朴なよろこびで進歩を迎える童心である。かわいいし、迎えられて嬉しい。だが、なんとはらはらさせられることか。うわっと飛び出して来そうに見えるのだ。そういう姿勢の歓迎ぶりだ。子供の眼はレールの幅だけを見て、レールをはみ出す車体の幅を知らない。私は自分の迂闊を棚へあげてあえて云う。世のおかあさんがたは子供たちによくよく列車への慎重を教えていただきたい。それに踏切もたくさんあることだし、万に一ツも、こだまやつばめの進路を横切るスリルを自慢にするようなことがあってはならないのだ。人身事故はどの運転士さんもひとしく悩まされているところである。ブレーキは機関車だけに利くものと、もう一ッ列車全体に行きわたるものと二ッ設置されているが、八輛もひっぱって百十キロもの速度で走ろうという特急は、自動車の急停車を思っていたら違う。

事故はなく済んでも、沿線で子供にひらひら動かれるとき、運転士の神経疲労は大きい。「一度はっとさせられると、あとしばらくいやな気もちが残っていておちつけません。」

それでもそのあいだも、運転の手も信号を見る眼も休めるわけには行かないしごとである。はっとすることによしんばぶつかっても、是非早く気の乱れを正常に戻さなければならぬ。第一の災いが第二の災いをいざなうもとになるからだ。こんなひどい訓練を女はすることがあるだろうか。

運転士さんと助手さんは、しょっちゅうおしゃべりをしている。駄弁るのではない、執務用おしゃべりだ。「第一閉塞進行」と一人が云うと、も一人がその通り復誦する。全部が復誦で、片方だけということはない。閉塞式というのは普通人に耳なれないが、信号は一マイルおきに設置されてい、青信号が出ているとき、つぎの信号燈とのあいだに他列車がはいっていない、つまり信号燈から信号燈のあいだは閉塞してからにしてあるということなのだ。進行安全なわけである。見さだめただけでは足りなくて口に出して云って、さらに復誦する。それが確認である。この方法は運転士二人が車庫で勤務に就くときからそうだ。助役さんの机の前で二人は点呼を受けると必要書類をうけとる。それから掲示場へ行って、受持区間内から集まって来ている報告を読み、読んで頭へ納めただけでは足りなくて、それを手帳に書き写して文字という判然としたものにし、さらに助役さんの前でことばにして告げるのだ。正確な認識を尊ぶことかくのごときものである。スピードと安全はそこから発しる。

これらは進行方向へ対（むか）っての確認である。いわば前向きの確認だが、うしろ向きの確認もある。カーヴや障害物を気づかうとき、助手は窓をあけて列車のしっぽに、万一異状ないかを確かめる。後部安全の確認である。そのほかにもう一ツ重要な確認がある。その時その場の確認である。第一が時間の確認である。秒をもって数える時間である。思えばわれわれの身辺にラヂオやテレヴィも秒をもって数えているが、これは高速度で列車というでかいものが突っ走って争う秒である。びんと張った鋼鉄の秒だ。その場の確認はまだある、さまざまな標識だ。速度の制限もあれば警笛指示もある。番人のいない踏切もある。路線は障害はないか、電線に異状はないか。

私は運転を見学しているだけの気楽な身分で、運転士じゃないけれど、確認と復誦と、一糸乱れぬ行儀正しい勤務と、緩められない緊張とで、申しわけないがくたびれてきて、正直に云うと、からだが顔と頭だけになってしまったような気がした。胴体と手足はなんとなく麻痺の気味があるようだった。これが勤務なら顔と頭だけで運転続行しなければならないのに、と思いつつ、中休みに席を起つ。

席を起って客車に移ると、蛍光燈のふんだんな明るさである。出発の東京駅ですでに暮れかかっており、六郷は菫いろに、戸塚・保土ケ谷は暗く、それから約三時間、闇の進路を見つめて来たのだから、ずいぶん明るさに離れていたことになる。なんだか知らないが、しきりに乗客と運転士とはなんと違うものなのかと気になってたまらぬ。客車の床下に従来は騒がしい音を出す機械がついていたのだが、こだまはそれを運転室の下へ配置した。そのうえ客車の天井は吸音になっている。二等席には一々ラヂオのレシーバーがついている。どういう気かそれを耳にさしこんだまま、ぐうすか大鼾（おおいびき）で、おなかをおっぽりだして寝入っている紳士もいる。ラヂオはララバイかもしれないし、おなかをおっぽりだすのは快適で満足だという表現かもしれないけれど、そしてそれを決して咎める気はないのだが、なんだかへんにちぐはぐで困った。女同士の身を入れて話しあっているのも、何かたべている人も、みななんだか運転室とつりあわなく思えた。多分これはしろうとのなまじいな感傷のゆえで、本職の筋金入りの乗務員ならそんなことはあるまい。

も一度運転室へ行き、鉄橋上の交替を見る。ほんとに鉄橋の上で交替した。安倍川以西を受持つ大垣機関区の二人はすでに横浜で乗車待機していたので、鉄橋の手前できちんと運転室へ現われた。走っていてどんなふうに交替するのかと興味があった。「や。」「や、――」と云って、手袋のほの白い手をちょっと挙げあって、経過報告のようなことを云ってると聞くうちに、なんのことはない、ひょっと起つのとつるっと腰かけるのとで、なんでもなく列車は進行しつつ人間が替ってしまった。鉄橋という場処は比較的長いまっすぐ路だから、地面の上の場処よりやりいいのだそうだ。鉄橋上の交替だなどと聞いて劇的に思ったのが肩すかしを食った。くろうとはそんなことをしてはいない。もっぱら実際に立脚した確実の上にいる。私たちは名古屋で降りる。

翌日は岐阜・大垣・米原を経て敦賀から福井がコースである。なぜこうしたコースを採るかと云えば、いろいろな機関車の運転が見学できるからである。名古屋・米原間は直流の電気機関車、米原から田村の一ト駅は蒸気機関車。一ト駅だけこんなことをするのは直流・交流の切換操作上の都合である。田村・敦賀は交流で気もちよく走る。交流の電気機関車はフランスではじめられたものだが、日本はこの機関車を買いきれなかった。どうしてかと云うと、フランス側は三十輛の契約でなくては応じないというし、こちらはそうは買えない。それで物別れになった。それならこちらだけでやってみろということになって、こちらだけで造ってしまったのがここを走っている交流なのである。うれしい機関車である。交流だから電源には高い電気が流れている。だから碍子のかたちも電柱のかたちも架線のしかたも違う。風景というものはこうして、電柱一ツにも時代を反映して推移するのだ。

　敦賀から福井へは景色のいい道だが、千分の二十五とかいう勾配をもついくつかのトンネルがある。それを昔なつかしいシャッシャッポッポの蒸気機関車が走るのである。私は明治生れの古い女だ。田園の無人踏切のそばに「きしやにちゆういすべし」と仮名で書いた白い制札が斜に立っていて、まっ黒い大きな機関車が煙をもくもくさせて走って来る、それが汽車だと、胸にしみついているのだ。おびえるような気もあり大好きでもある、忘れがたい汽車の興奮なのである。——いまはもう蒸気は古くなった。この機関車はもう製造がとまっている。現在あるものが使えなくなれば、それで姿を消す車である。云うなれば、老骨に鞭うってしんがりを務めている剛の者である。さあ、この古つわものに敬意と愛惜をもって載せてもらおう。鉄道さんの好意で貸してもらった菜っ葉服を羽織れば、どことなく機械油くさく男くさく、わが身は女の、男は黙ってよく働いている、だいじにしなければなあと思って、手拭を頸に巻きつける。

　この機関車には集煙冠がついている。死因不明で亡くなられたあの下山総裁の下山賞を授けられた、煙の処理装置である。トンネル内の黒煙煤煙で運転手たちが疲労——ときには窒息死――するのを軽減するのである。そう聴かされると急に煙の喉や肺へ来る重さなどが想像されて、ぴゅうとトンネルへかかる合図の汽笛を聞くと足をつっぱる。気もちはたしかにトンネルの穴へ抵抗した。でも、があっとひどく響いてはいって行った。私は進行右側の助手席に腰かけていたが、おかまに近い左の頰はひりひりと熱い。石炭がらがばらばらと当る。煙が臭い。濛々となんにも見えない。ぐわっぐわっとえらい音だ。ときどき助手さんがざっざっとシャベルで炭をくべる。そのたびにかまの口があいて、一瞬まっかな片明りが小半径にあたりを見せる。閉された狭い中を遮に無に掻きわけて突貫している、といった感じだった。前照燈などほんの鼻のさきの役にも立たないと思われる行手の暗さである。

少しおちつくと――私だけが上擦っていたらしい――はっきり、汽車が勇気をふるっているのがわかった。「コンナ坂、ナンダ坂」というけれど、あれはうそじゃない。そう云わなくてはあんなまっくらな中の勾配をのぼっちゃ行けまい。苦しいにきまっている。機械だって心臓の負担を受ければ、刻んだ呼吸をする――と思ったら、耳のはたで小さい別な音がする。窓枠がぎしぎしと鳴っていた。かわいく、かわいそうに鳴っていた。そのきしみは私を鎮めてくれた。余裕ができて、見ると、折から投炭して身をかがめている若い助手さんの顔はてらてらに汗で、帽子の顎紐のところで汗は煤煙の黒い筋をつけている。

よごれて働いている男らしさ、――いえ、らしさでなくて男そのものの好もしさだ。シャベルは光る。ざっと炭はしゃくわれ、くべられる。汽車も揺れ人も揺れるが、シャベルは平安に使われている。ただ、計器を見あげる彼の眼は鈍い電球に血をさしていたようだった。運転士さんのほうはかげになってよく見えなかったが、あまりにもこだまとは違う労働だ。蒸気では桿一ッ、ハンドル一ッにも大きな動作が要求されている。人間の労力を貪ることが平気な、昔の機械なのだ。それになにしろ電気機関車では、運転士が車のとっぱなを摑んで走らせている感じだし、蒸気では運転士さんは巨大な鼻みたいに迫りだしたおかまのうしろで、小さく押しこめられている感じである。おかま様さまで、御機嫌取り取りひっぱってもらっているかたちである。ひっ叱ったり、庇ってやったりの気苦労は容易なものじゃないようだ。そういうなかにもレールの上は、いずこどの場処も、電気・蒸気を問わず一様の規律というものがある。例の復誦と確認は休みなく続けられている。そして汽車はとうとうもう、「コンナ坂ナンダ坂」も云わなくなって、鼓動と呼吸だけで沸々と喘いでいた。私は膝の上にたまった炭がらを払って、もう一度二人の汽車の男を横眼に見た。二人とも利目（とめ）である。小刀で削いだように切れあがっている眼じりが見えた。いいもんだ、男の利目というものは。きつくて、はっきりしていて頼もしいものだ。そう云えばこだまの人たちの眼もこれだった。横から見れば誰の眼も利目だろうが、そんな生ぬるいのではない。しごとに我を忘れているときが、ほんとの利目なのだ、力の眼だ。それほどだから、勤務中の運転士を見て、車庫に休息している運転士を見れば、人が違ったように見えるという。杉津という処など非常に美しい風景だと聞いていたが、確認しつつ疾走する男の人たちに圧倒されて、ちらりと入江を見ただけで終った。

名古屋でも南福井でも、運転士さんはじめ機関区のかたたちは隔てなくよく話してくださった。国鉄一家などとよく悪口を云うが、悪口ばかりでもないだろう。話を聴いていると、じつに一家という雰囲気がある。このしごとは関係者一同が一家のうちほどに、気心を知りあい助けあいしなければ所詮うまくはできまいと思う。秒で生きようとするには、高度の理解がどうしてもいる。運転士さんがたの話をメモして筆をおく。

「子供さんには汽車道のエチケットというものをよく教えてもらいたいです。」

「どうか自殺しないでください。どうしてもというときも、鉄道だけはかんべんしてください。」

「潜水艦の人も空気の味のことを云いますが、蒸気機関士もトンネルを出て吸う空気の味がうれしいですね。あまいからねえ、空気は！」

「一ト仕業終ったとき、われわれの云う感懐はみな同じです。ああきょうも無事だったなあ！　そうです、突きつめたあとに残るものは、無事という一語です。」

「私は長く電車運転をしてきました。職業に貴賤なしと云いますが、職業に貴賤がなくても、世間の格づけには微妙な上下がつきます。電車の運ちゃんはあまり尊敬されません。それが今度こだま勤務になったら、子供が、うちのおとうちゃん特急に乗ってるって喜んでくれました。やっぱり嬉しかったですなあ。」――この話には、おおぜいの無名で働いている同僚へのおもいやりと追懐の情とが溢れていて、まことにうたれた。

「一度こんなことがありました。東京駅へ著いて運転室を降りると、こちらへ歩いて来る男の人があって、御苦労さんでした、おだいじにどうぞって挨拶されたんです。知らない人です。多分お客さんでしょう。慰められますね。たまには誰かに挨拶してもらいたいですよ。」――運転室に乗ってみれば、乗客は運転士に水の如くあっさりしすぎていると思う。

ルポの筆も所定の枚数へ到著するが、もう一ト言。――蒸気へ乗って私は思っていた。「むかしより石炭もよくなったのか、相当な煙ではあるけれど、想像よりはましだった」と。

ところで運転士さんと助手さんはにこにこした。「御婦人が乗られたんですから、重油のほうを余計たいて、炭をへらしましたし、スピードをあげてトンネル内を早く通過したんです。」

男は女を庇ってくれる！『婦公』のルポだからではない。男の本念だと、私は信じる。

切除

東京都内板橋の日大病院へ行く。肺の外科手術見学を許されたのである。執刀はこの道の最高権威である宮本忍先生。おそらく結核を病む人、その周囲の人、結核に直接の関係はなくともそれに関心を持つ人で、宮本先生のお名を知らないものはないとおもう。その先生の執刀を目のあたりするといえば、私はなんだか私一人で見学に行くのではないように思うのだった。たくさんのたくさんの、結核に苦しんでいる人の心と一団になって見学させて頂くのだ、というように思えてならなかった。

寒い朝だった。九時に病院へという。すくなくも八時半には家を出なくてはならない。主婦や母親がその時間に外出することは少ないのである。こんな寒い朝こんな早い時間に、息子や娘の手術に立会うよう出掛けて行くとしたら、途中のこの道を母親はどんな気持で行くか。きっと祈りの心以外にない。私にもそんな経験があった。忘れられぬ「病院へ行く道」の気持である。足の先は痛いほど冷えていた。

病院はモダーンですかっとした建物。だが病人と家族にとっては、いかに新鮮な清潔な建物であっても、どうしてもやはり威圧を感じないわけには行くまいと思う。私は、そういうものだと思っている。病院は「救ってくれる所」あるいは「救いのある所」「治すところ、治るところ」と承知しているけれど、怯じる、おそれる気持を持つのである。まして外科手術となればなおそうである。

宮本先生は、おめにかかった瞬間に「厚い人」という感じが来る。実際のからだつきも肉づきのうすいかたではないが、動作はまことに軽い。むしろしなやか。私たちの為にガス・ストーヴの火加減を見て下さるのだが、こなしは軽い。重苦しさを伴わない厚さだろうか。二ツ三ツお話を伺ううち用意の整ったことが報告されてきた。私たちは白い手術衣と帽子とマスクを渡された。

前以って私は親しいお医者様に、手術室へ入るについての注意をきいていた。貧血をしてひっくり返りそうな気がしたからである。「白いきものを著せられますからね。それを身につけたら患者側の気持でなく、医者側の気持になるんですね。病気を治そう、悪い部分を取りのぞくんだ、という気持を持つんですね。女の人はすぐ痛いというようなことを思っちまうようです。だから気持が悪くなるんだ」と。これが私の一ツ覚えにおぼえてきた唯一の寄りどころだったが、白いのを著ても一向にお医者様の気持には切りかわらなく、かえってこれは借り著であるとしか考えられない。いまさら慌てる心が鎮められなかった。ところがひょっと見たら、ずらりと並んでいる水道栓の一ツで、すっかり衣装換えをなさって白くなった先生が、しきりに手を洗っていらした。もちろん私のほうから見ると後姿である。白衣の裾から裸のすねが出て、これも裸の足の先にサンダルようのものを履いていられた。失礼だが「坊や」の大きいのである。医局の人に思わず訊いた。

「先生の白衣の下は裸らしいですが。」

「ええ、そうです。裸です。洋服なんかきて手術はできませんよ、不自由だから。」

そうか、裸か。裸ならいいや、と思った。実は、私はからだを楽にしておきたい為に、さっき帯をとってしまっていた。俗に云う帯代裸（おびしろはだか）である。ある理解がきた。如何に悪い部分を摘出するのだとは云え、人のからだにメスをあてる技であれば、術者にはひとかけらの私がある筈もなく、即ち裸なのである。やっといくらか白いきものを著たらしい気持になれた。

患者さんは三十歳の女性。ひとおつ、ふたあつと声にだして数をかぞえて行くのだが、どんどん麻酔が利いてきて、九ツあたりで声はゆるみはじめ、十二は辛うじて、十三で終った。さあこれからと、こちらはむやみに力んだが、まだまだだった。体位を固定させたりいろいろある。ずいぶんたくさん準備したり用意したりすることがあるんだな、と待つ気になっていたら、宮本先生の背中が急に四角に角ばって、それでもう第一のメスが走っていたのである。正直に云って私はメスとはどんな形の刀だかを見はぐった。大きいものではないようである。しかしこれも正しいかどうかわからぬ。私の見たのは肩胛骨の下あたりをえみわれた一線であり、その溝へするするとにじみ出た赤であった。こちらがひりひりした。我慢のしどころだ。あたしはお医者様だ、あたしはお医者様だと思ってこらえる。女は血でびっくりする性質を持っているというが、そしてそれは充分心構えはしてきたつもりだが、やはりいかれるのである。――ここは病院で、血なんかこわがっている者はいないのだぞ、いくらでも補充がつくんだ、と思ってみても、あの赤さがこたえるのだ。と云えばさもたくさんの血のように聞えるけれど、そうではない。手ぎわははっきりしている。手ぎわということばを不承知におよみになる方もあるかとおもうが、刀である以上は、術といわれる以上は、先生にも患者にも礼を失ってはいないことばだとおもう。

室内にあるものは進行のみだった。時間を、針の先ほども無駄なく使いきっている感じである。筋肉がひらかれている。肉という名をもって呼ばれるものを、主婦の知識から思い合せざるを得ぬ。よろしい、納得したぞ、と私は強がる。強がることは、つまりはらはらしていると同じことだった。私はもし貧血して倒れたらとおもんぱかって介添をつれてきていたが、その介添が私の肱を無言で支えた。

「うん、大丈夫。あなたは?」

だが、私は汗が冷たく流れていた。幸なことにしきりに美しい音がきこえて、それへ耳をかすと眼から来るものが緩和されるのだった。医療器具のふれ合う金属の響きが、熱のときの氷のように快かった。

ひらかれた筋肉の血管は止血鋏で、端から見事にとめられて行く。そして電気で血管の断面は固められるのである。無口で遅滞ない操作が進められている。突然、私のうしろでどたっといやな音がした。私の介添が貧血して倒れたのだった。すぐかついで運び出されて行った。すぐ気はついたらしかったが、そのほんの何秒かの間を、私はへんな気がした。介添はその何秒間か、たしかに人でなくて、物体という感じであった。それはいま手術台の上にいる患者さんを対象にして、とっさに感じられたもののようであった。介添が倒れなければこんなふうに考えることはできなかったと思う。みなさまにもこのことはよく考えて頂きたい。患者が麻酔してくたりとしていても、手術は「生きている人に、その人がよりよく生きられる為に」なされているのである。恐れることではないのである。――なお、のちに訊いたら、彼女は止血鋏がいくつもいくつもぶら下っているのを見たら、ふわっとしてしまったという。明らかに自分と患者とがいっしょになった瞬間、いかれてしまったのである。重さ、引きつれ、ひどい痛み、そしてふわっと来たにちがいない。気の毒に、ほんとうにもう一歩ふみこたえることができたら、手術はすっきりと手術本来の性格を現して、見学の眼も胸もあかるく晴らしてもらえたのに、惜しいところで気を失ったのである。筋肉をひらいて、肋骨をひろげてしまうと、手術の雰囲気は全くからりとかわる思いがある。

いわばそこまでは序章なのである。皮膚も筋肉も骨も悪くなっている、いけない部分ではないのである。なんともないものを切りさくのである。その内側の奥がいけないのだから止むを得ないが、なんともないところへ刀をあてるという意識が潜在しているのである。だからなれない素人は、心の底からうずかれて、たまらないわけになるのかと思う。直接に病んでいけなくなっている部分が出てきてしまうと、さすが無学の見学者にもむくむくと――病魔といったもの、それに負けてはいられないといったもの、切り捨てなければいけないといった勇気がわくのである。患者さんへの愛と、結核への憎みが出る。でも、先生を見れば平安で静寂だった。休みなく手が動いているだけ。その道に専念する人は実に水の如きものである。素人は吹けば飛ぶように感動し、また忘却するのかとおもう。病窟をそこに見ればたちまち気張りだすし、そこへ行くまでの道程ではまことに消極的、というよりむしろ邪魔っけな存在なのが、素人の猿智恵というものかとおもう。

病巣は切除された。受け盆の上には病気だけが死んで、置かれている。消毒と縫合が念入りにされた。手術は了った。室内には白い動きがいきいきと大きくひろがった。いままでは手術台上の一人の人の、そのまた一部分の肺という小さい一ヵ所へ局限され、集注されていた白い群であった。それが手術を終ってしまえば、患者を病室へ移すための仕度とか、室内のあとかたづけとかいう、ひろがった範囲へ白い人々は動きだしたのである。凝って固まる白と、ひらいて動く白と、その間に一条赤く描く血をもって、手術室は閉じられる。

先生は服を著かえて出てこられたが、額からはこまかい汗の粒があとからあとからでていた。白い人達はもうさっさとめいめいの仕事へ向いていた。男の態度というべきだとおもう。

火の人

川崎製鉄の千葉製鉄所へ行く。千葉の海を埋めたてた九十余万坪の大工場である。製鉄といえば九州八幡が老舗を数えられており、ここは昭和二十六年からの若店である。老舗には先発したものの誇りと力がすでについているだろうし、若店にはあとから出かけて行くものの利益と苦労があると聴かされて行った。若店には前の人が地均しをした道から、いいところを拾って歩いて行ける利益があるが、それにさらに進歩を加え、よりよく整えなくてはならない不文の責任を負っているのである。すでにできあがっているものの上にさらに新しく誇りを加えようというのは、並大抵の苦労ではない。創業は勇気を要求され、持続は忍耐を要求され、その上の前進に要求されるものは、勇気も忍耐も力量も何もかもいっしょくたにみな搾りとられるのである。それを捧げてはじめて前進があるので、それがあとから行くものの苦しい道である。

この、もとは海だった九十万坪の工場圏内へ自動車がはいって行くと、不思議な一種の雰囲気がたちこめていることを知らされた。決して活気立った賑々しいものではない。むしろひっそりと静まっている。鉄工場という概念からいうと、なにか、はちきれんばかりの力みたいなものが溢れているように思うのだが、それがそうでない。力はみなひそまっているというふうに見えて、外観はまことに静かであった。広大な地域のなかには大きな建物がいくつも建っているし、濛々と白い煙をひろげている煙突もあるし、物を牽いて行く機関車もある（ここには機関車が三十何台とかあると聞いた）。寂しい風景とはいえないのだが、感じるものは静寂である。私はそれを海の静寂、水のおちつきと感じた。ここは埋めたてられてすでに陸になっているし、その陸地は製鉄所の建物をどっしり背中に載せているが、いまだに本然の海の気を漂わせているとでもいうのだろうか。海上のような寂しさと、水のような静まりかたがたちこめている九十万坪である。がしゃがしゃ、ごうごうしたものはないのである。

　正門までかなり走る。海のような水のようなその不思議な雰囲気のなかを走りつつ、どうも海といい水といったのでは、そのものずばりではない、という不満感がある。読んでくださるかたへどう伝えたらいいか、――摑めないなあ！　という溜息が出る。摑めないからいいことばが出ないのだし、私にはことば以外の方法は与えられていないのだ。こんなとき私は貝にはなりたくない、写真機のレンズになりたいと本気でそう思う。映画の写真機になりたいのである。あれの一瞬にしてあたり近処みないちどに表現してしまう力が、自分の鉛筆の上に奇蹟的に恵まれないものか、と歎くのである。作文を書いて十年たったこのごろ、こんなに苛だたしいのである。ものを摑む能力も衰退したし、適当なことばも身辺からへってきた、という感じである。馴れてくるうちに鮮度は消えてしまうものか。筆に負えないこの九十万坪の雰囲気をどうしようと、首を工場側へねじむけたきりで走っていると、若い工員が一人ぽつりと、作業衣の両脇に手を入れて、急いで、行くての建物へ歩いて行くのを見た。それはこの風景の主役然として見え、すべての茫漠たる鎮静はみなこの人の背中へ集約されているように見えた。——そうなのだ。これがほんとうの、ここにある寂しさ静かさをいい現わしているものだ、と思う。若者のもっている寂しさ静かさだ、と私はやっとわかった。そう書けばいいのだ、と私はやっと安心できた。こういう自分の力以外でふと得た納得を、私は天が落してくれた納得と思う。

若者のもつ寂しさ静かさとは気がつかなかったのである。思えば久しぶりに懐かしい思いである。かつて何十年ものまえ、私も若くて健康で気持がぴんと張っていて、矢にも鉄砲にもすぐ反応できる勢いをもっていた。憂いや困却もないわけではなかったが、そんなものに蝕まれるほど屈託はしていなかった。にもかかわらず、ときに青空の遠くを眺めていて老人よりひっそりしていることがあり、ときに薪割の鉈を置いて、病者にも似た静寂で活気をひそめていたこともある。若さには澄んだ静寂とひそまりがある。ここに漂う雰囲気はそれである。千葉工場は若い工場で、もっとも近代的な設備をもっているのだと聴かされてきたのだが、その若さはしょっぱなからこういう意外なかたちで私を包んできたのである。製鉄所は現代の若さと近代の静寂とを備えて、人を迎えるのである。

熔鉱炉へ案内してもらう。なにしろ広いのだから私たちは自動車を使って行ったが、通勤の人たちは自転車だそうだ。歩いてなどいられるものではない。就業前のからだもしごとを済ませたあとも、疲労はできるだけ少くしたいのだと云う。図らずもいちばんさきに疲労のことに触れたのである。働けば疲労はつきもの、疲労なしの労働はない。疲労でへばりながら、疲労を許容したかたちで体力無計算で働いてしまうのが、これまでの主婦のよくやるやりかただったことを思わされる。男たちは働きたがる。働かなくても食える身の上ならなあ、などと云うのはせいぜい三日くらいなもので、働かないでいられる退屈男なんてものはない。働きたがるけれども疲労は拒絶しようというのが男のやりかただ、というように思う。くやしいけれど私という主婦もとかく自分自身の疲労を許容しがちであり、あるときなどは疲労度の高さと誠実量とを混同して考え違えていたりする。

ここはどこもかしこも薄い茶色を呈している。鉄粉がどことなく飛び散ってこんな色になるのだろう。土も芝草も松も建物も薄茶色である。特有の色だとおもう。それに埋めて地だから、風が吹けば土が舞いあがるだろう。私の行った日は晴れていたが、薄赤っぽい微塵を含んだ空をバックに見る工場群は、また違った重々しさがあろう。

ここの熔鉱炉近くの建物群のなかへ歩み入って、まず見なれない眼に奇異に映るのは、あれは地上から何メートルくらいのところだろう、二階屋根ほどのところを露天に走る何本もの巨大な管である。一見して感じるのは機械という生きものの血管とか腸管とかである。鉄管が蠕動をしているはずはないが、その動かぬものに動きが感じられる。何を送る管なのか、ガスのような気のものか、あるいは水その他の流動体か。眼を奪われているうちに訊いてみる機会を逃した。あまりめずらしいことや知らないことだらけだと、訊いているひまもなく驚いているわけになる。

「製鉄のしごとは、第一に輸送のことなのです。なんせ鉄鉱石にせよ石炭にせよ、重いものばかりなんですからね。運ぶにも扱うにもこれをうまくするとしないとじゃ、たいへんな労力の相違を生じます。「全然ベルトコンベヤーを使って、つまり配置が整然と合理的になされているのだな、と思う。「全然ベルトコンベヤーを使って、水平直線式の輸送になっています」といったって、こんな何もかもが私たちの家とは寸法の違う広い場処へ来て、どこがどう水平直線輸送なのかよくわかりはしないが、それでもなんとなくわかるような気もした。

段取よく整備してあれば、しごとの能率があがって手間も省けるということである。それは何のしごとにとっても根本的にそうあらねばならない理窟で、私たちにもよくわかっている。掃除も炊事も最小労力ですらりとやろうというには、間取から考えるのが当然で、ついで設備を整え作業をスムースにするのと同じようなものである。一家庭と九十万坪では、ただちょっと寸法が桁違いだというだけだ、と自らを励ます。そんなことを思っているから、パイプの中みへ間が抜けたのである。見学者としてマイナスを稼いだ。

熔鉱炉はあまり近くまで行きすぎて、あ、ここか！ と思ったときは手後れだった。大きいものは、近寄ってから上向いたのでは大きさが見えなかった。マイナス続きだ。

とにかく鉄梯子をのぼる。いきなり二階へ案内されたわけだが、そこには眼いっぱいに、さあ何といったらいいか、ばかでかい円筒状のものの基底部とでもいおうか、それが身のまわりに例の腸管のような太いパイプを複雑に巻きつけて立っている。それが釜なのだが、まことに威圧してくるものがある。得体の知れないごうごうした音がしているし、頰にかなりな熱気を感じる。

「ゆが出ていますよ」という。湯とはここの用語で、水を沸かした白湯のことかと思えばとんでもない。千六百度とかに熱せられてどろどろに溶けた鉄を、あっさりゆといって済ませているのである。ここはことばにまで度胸みたいなものがあるのかと思う。ゆとはなんと軽くいうのだろう、心憎い使いこなしである。私はゆという女に身近なことばを、こちらの手から取りあげられてしまったような気がする。しかもあちらのほうがスマートに使っていると思うと、いかれる。

ゆは釜の裾の孔から溝を伝って流れ出ている。流れ出ているとは云うが、流れている感じは来ない。ひどく赤く黄色く明るく輝いた、一本の帯が延びているといったかたちに受取れた。流動しているようには見えぬ。ぴかぴかと線香花火のように、松やら柳やらに火花を散らしつつ赤く輝く縞一ト筋が、薄暗い周囲のなかに置き放されている――というふうにしか思えず、これが溶解した熱鉄の流れとは、ちょっと意外な感にうたれる。だが、それはこちらの眼が馴れないせいである。ここの人はみな一寸角ほどに木の縁取りをした紫のガラス片を持っているのだが、それを借りてゆを見れば、一見動かないように見える赤い帯が、実際はかなりなスピードで、川の流れのように脈を打たせて走り流れているのがよく見える。しかもちょうど川の水が走りくだる勢で紐のようによじれて流れ、よじれのひまひまには芥が浮いているように、この凄まじき火の流れにも点々と黒く残滓（かす）が漂っていたし、火は千筋の縄のように脈々とよじれつつ、ときにぺらっぺらっと短い焔をあげて流れる。いかに焔というものに重量がないか、いかに燃えあがらぬ火は重厚か。よし焔に包まれるようなことがあったにしろ、万に一ツは逃れる奇蹟があるかもしれないけれど、ここのこのゆを浴びたとき、奇蹟はあり得ない。そういう重く厚い火だった。これが銑鉄である。

熔鉱炉は円筒形の高い塔だが、塔のいちばん外側は鉄板で蔽われ、その内側に厚く耐火煉瓦を積んであるそうな。最初こしらえるときと、炉がこわれて修理あるいは取毀し新築の場合しか見ることのできない内部である。一度できあがったが最後、想像もできない高温で日々無休に働きつづけ命数を終るときまで腹の中を誰にも見せないこの釜の心を、どう辿って知ろうとすればいいか。鉄心ということばしか私には浮ばなかった。塔の頭が材料受入口である。鉄鉱石・コークス・石灰石その他を頭から炉へ投入する。炉の下部をめぐる巨大な腸管に似たパイプから熱風を吹きこむ。蒸れて燃えて熔けて、鉄分は炉の底へ溜る。残滓は比重が違うからゆより上に溜りゆは下へ落ちつくのだ。ゆが一定量溜ると、ゆの流出口を明ける。酒樽に呑口をつけるようなわけだが、酒屋さんがはっと掌に息をふきかけて、よいしょと樽へ三ツ目錐(みめぎり)をねじこむような、天下太平な作業とは大きな違いである。酒樽はあやまっても酒四斗のことだがゆの取口を明ける一日七回の作業は、その都度男たちが必死の消耗で明ける孔である。

それではその孔はどんな大きさのもので、何でそれほどの高熱を塞いでいるかといえば、これも意外な感がある。大きい孔ではないし、粘土がその孔を塞いでいるのである。

ゆは幅広くいちどにどっと溢れ出ては困るのである。手の施しようのないしろものなのだから、あらかじめ設けられている通路をおとなしく、行儀よく順々に流れてもらいたいのである。酒樽醤油樽の呑口の細さと同様である。したがってその傾斜度や大きさは流出状態を決定するわけであり、しかもその釜の中は掻き廻すことも抑えることもできない内容である。かりに茶筒へ湯を沸かして筒の下部へ外側から孔をあけて湯を流すとして考えてみれば、多少はわかっていただけると思う。孔の如何によっては湯は上へ向けて噴出するし、また横走りする危険も生じる。厚みが一メートルの余もあろうという孔を熱鉄に対って開くのである。全心全身の消耗が要求されているのはうなずけるのだが、しかし人々はちっとも気負っていない。当然するべきことを一度一度、上手に丁寧にやっているんだといった、平安な態度である。

じいっと見ていると、人々は自信をもっているゆえに平安なのではなさそうである。自信などというものは臍の下へ畳みこんでしまって、あるとも思っていないようだ。いちずに炉へ集中させた緊張と慎重のほか何もない。それは無心にも通じる態度であって、これから釜の孔を抜くんだぞなどという、大袈裟な騒々しさはまったくない。無心に積木へ対う子のけがれなさ・あどけなさが聯想されて、この人たちの作業衣の背のよごれに眼頭が熱くなった。失礼な言いかただが、「かわいい男の姿」であった。この近代的な機械化設備をもった工場のなかに、やはりこうした重要な部門に、人手による技術が一部残されているのである。五～八人一ト組のグループはみごとな――見ているだけでその和合がわかる――チームワークを見せつつ、洗練された伝統の工人気質と高度の技術とをもって、口数すくなく職場に立っている。

ばあっと、火の奔出と飛散した火花と濛々の黒煙とがあがった。ゆは走ったのである。あたりは一時に赤く明るく光って、ゆは白く黄色く猛く流れ、火花は間断なく高く低くはじけ踊り、華麗というか凄涼というか、鉄の火は出御したのである。それなのに、ここにいる、この一歩も騒がないあっぱれな男たちは、まっ黒けで、何やらすべきことに緩慢に身を動かしている。凄まじいほど華麗な火を逆光にして、なんともまっ黒けな黒い人たちである。無言も黒、動じなさも黒、鉄の火の明るさ！　誰も何もいわないけれど――おまえの女心はどんな色だ？　という声を私は聴かされる思いだった。流出したゆはゆの通路を通って、六畳くらいもある大きな熔銑鍋に受入れられ、さらにその上の工程を受けるために所定の場処へ機関車によって運ばれる。それはもう炉の人の手を離れたものである。だが私はここでまた、なべという身近なことばに対面させられて印象が深くゆに別れる。

製鉄は、鉄と土と火と水の噛みあい助けあうしごとである。あれだけの火の流れは、粘土と耐火煉瓦粉その他を捏ねあわせて造った通路によって無事に導かれる。土は鉄を蝕むものだが、火は土によって扱われてしまうのである。熔鉱炉の外側の鉄板の周囲は、絶えず夥しい水を流して冷却と保護を加えなくては保たないのである。是非必要な水である。水の力がなくては成立しないのである。けれどもその水の小量でもがもし、禁断の場処であるゆに触れたりすれば、ゆは厳格に嫌って水をはじく。つまり爆発現象を呈するのである。啀(いが)みあうのである。相剋と調節をたくみに賄うのが製鉄のしごとである。だから何事にも、誤まることは絶対に避けなくてはならない。誤まらない覚悟に迫られているここの男たちは、識らず知らずのうちに態度にそれが浸み出ている。慌てていない。駈けだす人がない。大声にわめかない。動作がはでない。一念しごとに向けて単純な心を保持しようとしている。親しめば同化するものだという。鉄の重さ厚さを体内に取り入れた人たちかとおもう。けれども外装は少し愛敬がある。炉前に行くとき人々は帆布のゆるい上著、ずぼん、そして前掛。足袋も帆布、足袋の上に覆うスパッツ式のものも帆布、そして下駄ばきである。板裏草履では火に近くて足が熱いから、駒下駄を履いている。新しい足袋を穿いた人は、神主さんや大家の旦那衆のように白足袋でたちで、鼻緒の黒が目立つ。それで上を見れば全身これ帆布の装い、顔にはこまかい金網の、三徳面というマスクをかぶる。ふきつける火の粉もよけるし、熱を防いで涼しいという。完全武装というものの、帆布は木綿である。糸の縒(より)の強さと固い布目が頼りで、もちろん火へ抵抗はできない。

めったにないことにしろ、高熱のそばにいれば、火そのものに接触しなくても、燃えだすことも考えのうちである。「それだからなんです、ある程度は身軽ということも安全のなかに数えられるのです。」――相剋互助の世界である。ついでながら、この炉前にある木材の品は、下駄とショベルの柄だけだという。おもしろい。いったいにここのなかは、床も柱も階段も手すりも多く鉄板で、木の部分がない。金くさい臭いがある。そして風の具合か、ふと海くさい。それに明けっぱなし、戸を締めないところ――という感じがある。

　見学を終えて事務所へ戻れば、帰路の働く人たちに逢う。いい男ばかりである。ほんとに男前である。一代の色男、鑓の権三は、「油壺から出たよな男」と書かれているが、製鉄所の人たちは火のしごとを終えて、一ト風呂浴びて――風呂の設備は常識であるそうな――寛いで帰る男前である。いい男ぶりである。

　熊谷さんはいう。「三番交替はいいですね。夜じゅう働いて朝風呂です。朝風のなかをゆっくり帰ると、一本つけてもらいます。頼んで二本にしてもらうこともあります。なんとも言えませんな、朝帰りは！　健康なもんですよ。」――私もうわあとうちの茶の間が恋しくなった。そして思う。――『婦人公論』のおかげで、ほうぼうの男を見て歩くたびに、いよいよ惚れっぽくなったか、と。でも、それでいい。惚れる男がいてくれることは、なんと嬉しいことだ。

傾斜に伐る

静岡県千頭（せんず）国有林、大間川事業地九林班をたずねて、伐採を見せていただく。千頭というところは東海道線の金谷駅から乗りかえて、大井川鉄道の終点である。ここから大井川についてもっと遡ると、先年やはり『婦人公論』の見学で行った井川ダムに出るし、そこからまだ川上へ辿れば赤石山脈につきあたって、静岡県は境になるのだ。千頭の駅には、「南アルプス登山口」とした太い柱が目につく。

こんど行く千頭国有林は、千頭から営林署の森林軌道に特別に載せてもらった。軌道はやがて大井川を離れて寸又（すまた）川をのぼり、さらにまた寸又川を離れて大間川をさかのぼり、事業地九林班に著くのだが、この軌道の景色はすばらしい。森林軌道は材木を搬出するためのもので、私のような人間を運ぶのは規則外の特別配慮によるものだろうから、あまり手放しに、「みなさん行って載せておもらいなさい、それはいい景色なのです」とは宣伝できないけれど、心の洗われる眺めである。なにせ森林軌道と名のつくだけに、谷の低地を縫って行こうとせず、山腹の高いところに狭い道を切って、大胆に谷の深さを見おろして走る。しかも山々の襞は多く、傾斜度は強く、両岸からせばめられた山川は白く荒れつつ蛇行し、レールもまた絶えず幾曲りをめぐる。折から四月の快晴で、どの木もさまざまな青い芽ぶきを見せ、花よりほかに知る人もない山桜の、ところどころに一ト株二タ株、それこそ哀れにいま花の盛りである。むらむらと牡丹色なのは山つつじ、つらつら椿の照葉のかげには、咲きおくれてなおよごれない紅が数すくない。森林軌道というものが常にこういうものかどうか知らないが、この鉄道はなんと清浄な道なのかとおもう。普通の汽車道は騒々しくてきたない。

とは云え、ちょっとおっかない気のするところもある。でも、えらく正直で堂々としていて、りっぱでもある。「落石危険区域」とか「注意　汽車墜落事故現場」などの棒杭を立てている。そういうところは上を仰いでも下を見てもなかなかのものである。腹筋の緊張する景色のよさと云えばいいかとおもう。

軌道を降りて、すぐ谷へくだる。すでに並んで歩けぬ道で、一列縦隊になる。谷川の凄まじい音。対岸には山のてっぺんから相当な滝が長く落下しているのだが、それは無声映画のようでそこからの音は感じられない。それほど川の音は耳をいっぱいにしている。日光がじいっと乱されず明るいのがへんに思われるくらい、川の音は幅を利かしていた。

吊り橋を渡る。長くないし低いから助かるけれど、二人で行けば揺れると云われると、少しいやだ。私は計算に強い生れつきではないのに、そのとき自分の、価値ある点を素早く計算したのは、あれは本能だろうか。私の持っている価値は「若くない」ということだった。「としよりはゆっくり行け」ということだった。それで渡ったらなんともなく渡れた。

だが、その先ののぼり道がいけない。署長さんはじめ山の人たちは、なんでもなくひょいひょいと行く。中央公論社のM氏も平気で、介添に連れて来た私の娘も二本足でのぼって来る。私だけが背が低くならざるを得ない。少しぞれぞれとして足場のよくないところへかかると、二本の足だけではお尻の重量を支えきれないのだ。だから自然と両手が岩角なり木の根なりに摑まれば、手は変じて毛ものの前足に似るし、はっきり色気ぬきに云えば四ツん這いとなる。これは醜態だが、安全には換えられぬ。吊り橋はとしよりの心意気で渡ったにせよ、どんなにゆっくり行っても山の傾斜は骨が折れた。老いた足は山に於てまことに厄介で無価値である。足のみならず心臓また同様である。

きっと私があまりへたばったから、署長さんは気を利かせてくださったとおもう。予定はその山の尾根近く、すでにこの春の伐採を進めている場処へまで登るわけだったらしいが、変更して中途で作業を見せてもらう。千頭国有林はもちろん植林があり、自然林があり、伐りだしている木の種類は約六十種ほどという。今いるここは自然林だからいろんな木がまざっていて興味ふかい。伐る木には前もってしるしが打ってある。やたらと伐るのではない。その木のことも他の木のことも考え、伐ったあとの林のことも考え、需要のことも考え、おそらく丁寧にさまざま考えあわせて、伐るしるしを打つのだとおもう。なぜなら、そのしるしの字を見れば、急いでぞんざいには書かれていないのだ。のんきにやっているというのではない。山の人は伐る木も残す木も大切に思っている。それは木すなわちお金という勿体ながりようではなくて、生きとし生けるものとして木のいのちを大事にしてやっているのだろうと察しる。

樅（もみ）・栂（つが）・しでの三本が選ばれた。このあたりには伐採のしるしのついた木がたくさんあるが、現在作業しているところはずっと上のほうなので、ここはまだ辷込んだまま手がついていない。布地でさえ端から切れば切りやすく、いきなりまんなかに穴をあけろと云えば鋏は面倒になる。まして立ちこんで枝さしかわしている木を伐るのは、実はやりにくいのであろう。そして、ここは自然林だから下枝は払ってない。都合のいい条件ではなさそうだ。だが、さすがにやはりその道の人だ。伐るときまると、よしきた！　という気を発散させる。

シャツにずぼん、黒い手甲に脚絆、こはぜの多い地下足袋。腰に山刀を吊り、一尺四方ほどな敷皮をぶらさげている。鹿の毛皮だという。なるほどこれを敷けば冷えも湿気も避けられる。道具は、鋸がそれぞれ用途の違うもの三挺、斧が二挺または三挺、金太郎の持っているようなのは「刃広（はびろ）」と呼ぶという。このほか墨壺、くさび、やすり二種、砥石二種、二貫目からあるこれらの刃物を担いで、道のない急な斜面を行くのだそうだ。

婦公から与えられたこの一聯のプランで、私はいろいろ見学してきたが、どの道で働くにしろしごとに精励する人には、みな共通した点があるのを見る。働けるものはきまって誰も慌てていない。急いでいない。そしてその急がなさには、目立たないリズムがついている。山の人たちもそうだ。どんなにでも駈けあがり駈けおりることのできる強靱な脚を持っているのに、決して忙しい歩調にしない。けれども足もとは傾斜している。くの字くの字の道がないわけではないが、忙しがらない歩きかたで人々は、くの字の道を無視し、自由に傾斜を歩き廻る。くの字でなく直線を歩く。傾斜を好き勝手に歩き廻って事もなげな人たちを見ていれば、「道というものは狭く窮屈だ」と思えた。

それでつい、この人たちの柔軟に動く肢体に見とれていたのだが、むしろ山の男の人は女性的なこなしで歩くのである。女性も女性、歩きかたの特殊性をもってあまりにも有名な女優マリリン・モンローの、モンロー・ウォークに似ている。腰をくるりくるりとひねる歩行である。モンローにあってはそれは性的魅力の演技だが、ぐうんぐうんと太い木の幹が押し立って、緑一色のこの山のなかに見る男性のモンロー・ウォークは、ひたに強靭なるしなやかさで頼もしい。右足をまっすぐに立てば、左足は膝で曲げてただそこへ預けておく、というような傾斜地形では、いつも一本足で立っているにひとしい。片足で傾斜を踏まえる人たちは腰を振って歩く。腰の番(つがい)とか腰のくるまとかと関節のことを云うが、ほんとに蝶番(ちょうつがい)や車のことを思わせるスムースなものがある。眉濃き山の男たちである。

なるべく根もとから伐る。倒そうとする方向から鉞(まさかり)を入れはじめるのだが、大木であり鋭利な刃物を振うのである。木洩れ陽をちらちらと浴びながら、足もとを踏み固めてから、ぷっと手を磨って鉞をあげる。かっ、と重い音が響いた。第一撃である。これを「受け口」という。受口をきるとか、あける、つけるという。かっ、かっとリズムをつけるようにして打つ。木(こ)っぱが飛んで、木の膚が白く出てきた。見あげると梢は微動もしない。青い空に綿雲があって、蜘蛛手にひろがった小枝と若葉が不規則な網目に透けている。やがて高みから見ている私へ、木の香がほのぼの這いあがってきた。香気を放って倒れるのが山の木の作法かなどと思う。鉞は樹心へ向けて三角形に刳って行く。梢は一ト打ちごとにかすかに顫えだしている。

受口の反対側へ廻って、こんどは鋸で追口をつける。これは受口よりやや高めなところへつける。そうすればあちらへ倒すに都合がいいからだ。いまは電気のこを使って、しごとの能率をあげているというが、まだ伐採全部がそうなってはいないし、能率の点にもまだ問題があるのかもしれない。どの世界へ行っても人力と機械力とは渦に巻いている。ここはいま変則的に、森のまんなかへ穴をあけるようにして三本だけ伐るのである。電気鋸は使えないから、伝統の大鋸で挽くのである。三尺もある鋸はぎざぎざの刃の五ツ目ごとに大きい切込みになっている。小さいぎざで挽いて、大きいぎざでおが屑を掻き出す寸法である。これも急がない。斜面に腰をおろして足を踏み張り、シャーッ、シャ、シャーッ、シャとゆっくりした往き反（かえ）りで挽いている。――急がないものは早い。はや、もう

「挽けたようですよ」と注意された。

「ほらほら、上を見て上を。ふるってきたでしょ。」――わからぬほどだが、いくらかかしいだかと思う。

「×××ぞォ――」と誰かが云う。聴きとれない。「なんて云ってるんですか？　なんのことですか？」

「ははは。ねるぞって云ってるんですよ。周囲への注意喚起のことばですよ。いま倒すと

いうことです。危険ですからね。」

あ、あ、あ、と云うひまに梢はぐっとかしぎ、幹の太さが眼に迫って傾き、まわりの木々の梢が騒いで、そのなかにめりめりぼっきいんと、腹にこたえる音響を残して木は倒れた。さあっと周囲は明るさをまし、そこに青空がひらけており、まわりの木々の梢はお枝を振りやまず、新鮮な木の香がたちこめていた。長年の生命を生きてきた樹木はもう樹木の生命を終って、いま新しく材とかわって、別ないのちをもったのである。――私の感傷などにかまっているはずもなく、山の傾斜なりに逆さに倒れたその太い木へ、山の人たちはひらひらと乗っかっていて、もう枝をはずしにかかっている。ゆっくりしていながら、休まない男たちである。よく伐木丁々というが、丁々ということばにはある重さと間遠い音とが云いあらわされているが、それでもこうして実地に当れば丁々はまだ軽すぎ早すぎる。目方や時計ではかる重さ長さではない。伐木の、心に受けるものは重さと間遠さである。

三本のうち、うらどまりになって横枝を何本も腕にひろげている栂があった。これは懸念していたように、一気に倒れなかった。まわりにも木が込んでいて、枝が邪魔になるし、倒れる空地が狭いので、ひっかかって倒れきれないことが案じられていた。果して幹は根を離れているのに、さしかかわした枝がこちらもひっかかり、あちらもひっかけていて落ちないのだ。倒れつつ宙吊りに浮いている姿は、ふしぎな強さを見せている。柔順と抵抗を半々にうかべた表情に思えた。胆の太いことに人はその宙吊りの幹へあがって、からだの重みで揺する。小枝が折れてずんと沈む。まだひっかかっている。ひっかかられているほうの木へ木登りして、片手で鋸を使って邪魔な枝を挽き落す。そのたびにめりめりと音がするが、まだいけなかった。

「このひめしゃら一本、ぶっかけて落すか?」と云う。倒れなやんだ木の上へ折りかさねて、重量のある木をもう一本倒して、その木の重みで下の木もいっしょに倒そうとするのである。

ひめしゃらはさるすべりのようなつるつるした、赤い木膚である。赤いから森のなかですぐ見わけられる。新芽をふいたばかりで、まだ葉の形さえよくわからない緑をつけている。

「そいじゃ、これ、いくか?」

「おう。」

かっと斧がはいる。樹液がしぶいて飛ぶ。木はいま春の活動をはじめていて、いっぱいの樹液を吸いあげているのだ。そこを切断すれば水を噴きだすのである。かっ、かっと鉞が伐りつければ、ぐっしょりと切り口は濡れてくる。刃物は重い音を立てている。受口が済んで、追口の鋸も水気のあまるおが屑がくっつく。都会育ちの私には、思いがけない「木の水」であった。透明で無味の水だった。

「そろそろ、もう倒れますかな」と云う。私にはわからない。

「気をつけろ。こんどは根があがるかもしれねえぞ。」

「なんのことです？　なに言ってるんです？」

「あれはね、こいつが下のやつにぶつかるでしょ。そうすると反動で、こいつの根がぼおんと、高くはねあがるかもしれないんです。よくあるんです。そのとき、のこを挽いてたものは早く逃げないとやられますからね。なんせこいだけの重量がぶつかるとすれば、おとなしくないことは確かですよ。」

「寝るぞォ。寝るぞォ。」のこを挽いてる人は手を休めないで言う。ひめしゃらは軋んだ、ぎぎぎぎと。ぼっきいん、どおんと言いがたい音が崩れて、二本の木は折りかさなった。あたりが急に明るく、空間がひろがって、占めていたものの大きさが否応なくわかった。その空間に樹齢の百何十年が記録されていた。そして、――そこに残された根は、まっさらな切り口を見せて樹液をひたしていた。芯の赤い木だった。

陽に焼けた顔が笑って言う。「あたしらは平地はいやだね、歩きにくいや。傾斜になってないとうまくないね。だからさ、たまに東京へ行くとまるっきりいけない。くたびれる道だ。」――コンクリートの道は蹟いて、あぶなくて歩けないなどと笑わせ、「いや、ほんとのこと」と言う。冗談でもあり、そのような響も含まれていると聞いた。この人がたは山ではモンロー・ウォークを最上に美しく歩く。平地でも土の上ならそれで活動するだろう、だが舗装路ではそう歩くまいと思われる。ここは幾年幾十年の落葉が深ぶかとつくった足ざわりである。傾斜はかえってこの人たちを、なめらかに歩ませ、リズムをつけ、しなやかにさせている。

「傾斜が急ですから、やむを得ず自然に任せてあるところもあるんですよ。でもね、この人たちはよくやるんですよ。猿でも遠慮するようなところへも植林しましたがね。」――猿も熊もいる。静岡県にも熊と聞いておかしい気がしたが、「二十頭も獲りましたかね」と言われ、「もう、子を連れて穴から出て歩いてる時期ですよ」となると、里心がつく。この合宿も夜はさびしいだろうな、と思うとたんに署長さんは、「これからの毎朝はいいですよ。鳥がたくさんいて、うるさいほどいい声を聞かせます」と言う。

三万町歩の国有林である。現在の森林相がいいやら悪いやら、経営が富裕やら貧しいやらは私にはわからない。が、「寝るぞォ」と叫んで、最後の一ト挽きまで腰をおちつけている山の男である。木の倒れようとする瞬間身をひねって立つしなやかな男である。

急速に暮れてくる軌道をくだりつつ谷を覗けば、水も鉛色に暮れて、山桜だけが白い。帰り足は早いものだというけれど、——なごり惜しい。ヤッホウ。——また、いつか、と思う。たとえ四ツん這いは醜態であっても。

都会の静脈

私たちは身のまわりに、いろんなはじまりとおしまいを見て知っているはずだけれど、さて改めて思ってみれば、はじめも終りも実はあまりよくわかっていないことだらけだ。たとえば紙一枚にしてもそうだ。「木や草の繊維を——」というそもそものはじまりは、誰でも一応は知っている。話に聞く、本に読む、映画・テレヴィに見るのである。だが、そうして紙の誕生を一応知ってみても、それが日々の生活なり感情なりにどうつながるかと云えば、別にどれほどのこともなく済んでしまっているのだ。そんな紙きれ一枚を見るたびに感激感動していたのでは、それこそはじまらないというものだ。紙のはじまりがそうなら、紙の終りはどうだろう。このほうが私たちにいくらか身ぢかだと云えるかもしれないが、それにしても使い古してきたなくなったのを、まるめて屑籠に捨てるのに一々冥福を祈る人はないのであり、屑屋さんまたは塵芥屋さんがどこかへ持って行くことをもって、紙の終りと思っているのである。これもたしかに一応の終りではあるけれど、これで紙が終ったとは云いきれない。私たち日常の生活とは離れた――というだけの終りであって、紙のおしまいをはっきり見届けた――とは云えまいとおもう。だから、もし、使い古しの紙を焼いて灰にし、土に還すまでをする人だったら、その人のほうが屑屋・ごみ屋で終りだと思っている人より、ずっと確かにその紙の終りを見届けて知っている、と云えるのである。私たちは紙一枚のはじめと終りにしろ、だいたいこんなふうに知ったり、知らなかったりして暮しているのである。紙のみならず、そのほかのすべてのはじめと終りに、さほど深くものを思わずその日その日を過している生活なのである。それをいいとか悪いとか云うのではない。そういう生活に馴れて暮しているのだ。親しくなければ人の死を聞いても、さほど終りのことは考えもしない日常なのだ。それだからまた、ときにひどくびっくりして慌ててそのことを考えさせられもする。さきごろの永井荷風先生の死もそうだ。たぶんおおぜいの人たちが突然、終りの幕を眼前いっぱいに突きつけられ、はっとしたのではあるまいか。先生と何のつながりもなく、先生のお名前さえ知らなかった人のうちにも、先生の死にぎょっとし、あらためて人間の終りということを考えさせられたむきが少からずあったのではないかとおもう。はじめがどんなものか知っているか、終りをはっきり見届けているかどうか、日常の生活では何事もほどほどの一応で済んでいて悪いわけはないけれど、ときに折があればものの誕生やその行くえを、じかにこの眼に見届けこの手に探る試みをしてみるのもよくはないかとおもう。

マンモス都市といわれる東京の上水・下水。上水はいのちある飲み水、下水は旅路を果てようとする水である。いのちある水はまず措き、旅のはてを行く下水の水はどんなすたで、どこに終るのか。東京都下水課を訪ねて案内を願う。

場処は赤坂見附の十字に道路の交叉するところ。糀町（こうじまち）・青山・四谷の三方の台から傾斜がしぼれてきて、底をつくっている場処である。と云うけれど、それは五月の太陽に白く乾いた地上の赤坂見附であり、下水は陽の目を見ることのない地下の管を道としているのである。地表に顔を出さない川である。土の下に埋もれて流れる川なのだ。地の下の川と地上とをつなぐのはマンホールの穴である。すでにその重い鉄蓋は取り除かれ、「通い路」はあけられていた。黒いゴム製の上著と長靴が私に与えられた。長靴とはいえ、腰までつく大長靴である。このいでたちの聯想をさせるものは、清流渓流に立つ鮎釣の人の姿である。折からきらきらと青葉に風がわたる。地上の川と地下の川の相違を思う。釣師のように装って、私はどぶの鼠をきどる。だがはなはだ心細い鼠で、マンホールの穴を覗いて、思いのほかの水勢を見たら、これはどうも——とためらう。速い流れで、しゃあっと鳴って流れているのである。

「ここのところずっと雨が降りませんし、いまは一日のうちでも水量のすくない時間ですから、ちょうどいいでしょう。でも、少し迫力が足りませんかね？」と云う。

どういたしまして、これでもう十分、結構なスリルでございますと答え、一段ずつ梯子を降りれば、まことに奇妙な感じである。視角が違うところも風景が変るのである。マンホールのまわりに立ちならんで私を案じていてくれる人たちの足々を、地表すれすれの低さから見ると、なんと不思議なものか。普通、足は二本を一ト組にして考えているが、こんな角度から見ると足は一本ずつの独立物に見え、つけ根のところで接合され、この部分ではじめて一対として受取れるのだ。足のさきに穿いている靴の構造なども、地上で眼の高さに持ちあげて眺めるのとはたいへんな違いだ。穿かれ、かつ、足を歩かせている靴の威力はすばらしい。焦点が合えばこういう感じかたができる。地の下へもぐるという機会は女たちにあまり与えられない機会だけれど、貧乏にもぐらされ、病気にもぐらされることはいくらもある。身を埋もらせ、眼を低くして病気を貧乏を見たら、おのずから心に応えるものもあるかと、ついそんなことを思う。もぐるもまた愉しだ。

まっさきに来たものは鼻への襲撃である。大袈裟に言うなと咎められても、私は襲撃という字をつかう。鼻が瘦せるような気がする。そんな臭いだった。いろんないやな臭いが混合してできあがった臭さである。これが下水というものの臭いだろう。地上の溝下水とはまた違う。相当まいった。だが、救いは自然に備えられていた。しばらくすると嗅覚がばかになってくれたから平気になった。眼をつぶると潺々淙々と流れの音が美しい。両岸に青葉若葉を盛りしぼらせた谷川の音とおなしである。眼をひらけば周囲はコンクリートの壁に囲まれて、懐中電燈の小さい燈の範囲だけが光る。暗い横穴である。流れが速くて抵抗があるので、気持があわてていて、やがておちついてからやっと、水は膝までだということがわかった。

「そろそろ先のほうへ歩いてみましょうかね」と言われるが、足もとは不安である。電燈を貸してもらって照らす。光のなかにある水がすなわち下水である。お勝手、風呂場、掃除、水洗便所がみんな一緒くたに集まっている水である。つまり捨てられた水、使命を終った水の集合である。なんだか知らないが、ははあ！　という、そこはかとなき感情が湧く。浮流物が流れのさざめきに煽られて、くるりくるりと揺れつつ、長靴一尺の手前にただよっている。人体の生産するおどけもの、おなじみの黄金色である。生産当時は左巻き右巻きとさまざまの形状、硬軟度をもっていたろうが、ここではみな短棒状、あるいは小石ほどの砕片になっている。言うまでもなくその多くの友はもう形を保っていず、流れに溶解しているのだ。だから形あるものには、うき世のつながりがなつかしく想いだされ、足もとにたゆたわれれば魚心ならぬ黄金心に水心、こちらもしばし見送るのである。生産者の製品に対する親心とでも言うのだろうか。暗い地下の川を去り行く、黄金色の一塊へ寄せる哀感をお推察ねがいたい。

ここの下水道は太い幹にあたる部分だから、穴は広い。高さ三メートルと聞く。幅もそれに近いかとおもう。身をかがめて入るような四尺五寸径ほどの枝に分れた管が、ほうぼうに接続口をひらいている。眼を凝らしてそういう落ちあい口の闇のなかを見つめれば、はるかに遠く灰色の薄あかりの洩れてくる個処がある。地上のマンホールから射しこむ光である。ものかなしい寂しい光だった。「これよりもっと小さい管も枝わかれして敷かれているんですよ。下水管はまあ、網になっていると思えばいいです。」

地上に坂や石段のあるように、下水道にも段の築かれている場処があり、もちろんのこと傾斜がつけられている。流れて滞らぬための傾斜が設計されている。「去年の秋の颱風のときは、この親管がいっぱいになって噴きあがりました。そうでなくても雨が降ると、水勢が激しくてあぶないのです。はいれませんよ、流されちゃ大変ですからね。」

このなかで作業はつねに行われている。東京都のように、さきに建物ができて、あとから下水の処置に困却し、あわてて下水道を掘るようなしくみになっていては、下水敷設は大困難なのだ。下水ばかりでなく、道路も建築物ができてしまったあとから設計しなおす始末である。（なにか東京都の追っつけ算段を咎めているような口ぶりになったが、そうではない。私は東京という都会が、江戸という諸事小規模の時代から発展して、ずっと手後れ続きに押せ押せになってきたことを悲しく思っているのである。）地上路の不完備はやはりどうしても下水路へも影響しないわけには行かない。つねに砂礫が流れこんで、浚渫（しゅんせつ）作業をしなくてはならないのである。陽の目を見ない捨て汚水の川には、底のひらいた木舟が浮べられ、泥土運搬の木製の桶と（この桶は鉄製だとしばしば盗難にあうので、あえて耐久力の低い木製にしてある。せち辛い世の中である。下水を漂う道具さえ、人に盗みの心を起させる種になるのだ）ショベル数挺ランタン等を積んで、この汚いなかを漂うのである。下水の生命は滞らざらんこと第一である。ゴム装いの男が二人三人と揃ってショベルを使えば、ばかになった鼻粘膜も猛烈に刺戟される。掻き立てるとは凄い勢いなものだと感嘆する。恨みや残酷心や欲情は、掻き立ててはいけないとおもう。だが、漂ってしまう必要もあるだろうし、そんなときはどうしていいだろうと、瞬間よそごとを考える。

作業が一ト段落して、舟はマンホール口へ運ばれて行った。作業員たちはどぶ泥にまみれた手を、その流れですすいでいた。それはぐっと来る光景だった。ああ、この水で手をすすぐとは！　という驚きである。この泥んことこの水とを較べれば、まだしも水のほうがましであり、それはなぜかと云えば、流れているということに点数があるらしいのである。より穢いものは、それより少しでも穢さの少いものですすぎ落すほうが、まだしもましなのである。すでに穢くよごれているものも、より穢いものをすすぐ役に立つのだ。――人の本然に「きれい好き」の心を持つことを、こんなにはっきり見て心うたれたのである。人々は洗ったその手を、ぴゅっぴゅっと振って水切りをした。まさか手拭で拭くことはできないのだ。濡れたままに自然に乾くのだろうし、又すぐ濡れる作業である。ゴム手袋も与えられているのだが、作業に面倒で敬遠されるらしい。現在の段階ではやむを得ないところなのだ。作業員の怠りを咎めたり、役所側の配慮を咎めたりするより、ちょっとも早く完全な下水道をこしらえて、これらの困った点をなくすのが根本である。とは云え女の見学者を迎えて機嫌いいらしく、無心な笑顔のうちに作業を見せてくれている人たちを見ると、私はどうしていいかわからない。早く完全な下水を！　などと云っても現在の間には合わず、いまこの人たちに何の役にも立てないじれったさである。昭和三十四年五月十一日現在、下水の穴で働いている男の人たちに、『婦人公論』からどんなことばを献げていいかわからないのである。そこへ持って来て、「年間、何人かはワイルス病が出ます」と聞くともうたまらなかった。「ごめんなさい。こんなきたないことをしてもらって、ごめんなさい」と云うよりほかなかった。新都知事東さんは下水事業に努力するそうだが、どうかしっかりお願いしたい。

「だんだんとこういう穢いしごとをしてくれる人はいなくなりますよ。ことに若い人はいやがります。無理もありませんねえ」と、何年かの職歴を持つ人が云う。

消毒剤の用意されている現場のたまりには地上の風が吹いていてほっとしたが、長靴を脱いでよろければ、長靴の円筒のなかから、ふわっと下水の臭いがたちのぼり、むかっと来た胸のこみあげを押しさげてしいて嗅いだ。下水道に降りていれば私はこの臭いに妥協したと思う。地上にいて嗅げば私はこれに挑戦的な気持になる。どういうわけだろう。

東京都日々の下水流出量は、丸ビル三倍半の分量だと聞く。それとても旧市域の八割と隣接新市域の一部に下水道は敷かれているのであって、その分だけのことである（昭和三十二年にやっと東京都市計画下水事業として取りあげられた）。下水は芝浦と三河島と砂町の三ヵ所の浄水場に集められ、浄化殺菌されて放流されるのである。ここが下水の終りである。だから赤坂見附を流れている水は、まだその途中である。芝浦へ行って、その終りを見る。いちばん早くできたのは三河島下水処理場で、ここのはパドル式、芝浦のはシンプレックス式という。

暗い地下の川を、その川上から四時間の旅をしてきた水は、処理場へ来てやっと人の目に触れる。構内に来た水は赤坂の暗渠を流れていたときより、また更にもの凄くよごれている。そのよごれの濃さが、見るからに重いと感じられるほどである。もはや水というより残骸である。黒く濁って音も立てないのだ。流れているのではなくて、押し流されているのだ。流れる水には力があり、流されているものには生命感がなくなっている。ここのこの臭いは悪臭・汚臭ではなく、腐臭というものだろうか、むごいようにつらく臭う。光らず、はねず、重く、萎えて、これが「果」である。人気ない山林の岩を洩り苔をしたたる最初の一ト雫をおもうとき、感無量である。孕めるだけの汚れを孕み、みずからをきたなくして他を清浄にしてきた旅路の果である。そのきたなさ天下一品である。逆に云えば、そのいとおしさ天下一品の汚水である。水はここで終りである。

水は終りだが、ここに下水に対う男の心が登場する。男たちはこれで終らせないのである。働いてきた水を介抱するのである。砂を沈澱させる。スクリーン（簾）にかけて、混入している綿・布、諸種の屑、例の黄金色等々を分ける。さらに沈澱させたり掻きまわしたりして浄化する。沈澱は汚穢の重さを利用して分離して浄めることであり、掻きまわしは酸素を与えて浄めることである。手取早く云えば、そのようにしてよごれを去るのだ。殺菌には薬品も使用する。そしてある一定の透明度に達し、放流して害のなくなったものは、芝浦の海に送られる。いわばよごれきって果てたものを、そのまま葬ってしまわずに、介抱の手をかけてやって、もう一度生きる曙光を与えて、放してやるのである。もうどうにも使いようのないものへ手をかけてやるのが、ここの男のしごとである。世界中の男がみんなこんなふうに女を扱ってくれたらどんなによかろう、どろんどろんの女はいなくなるにきまっている、とちょっとそんな思いもよぎったが、みずから答える。――女は水性だというけれど、はたして水ほど価値あることをしているかどうか、と。水心あって男心も添うのかと思うけれど、どうだろう。

はるかに雲のかなたを遠く、あちらは海の上の空だろうかと思う。あの雲の下にもここを出た水がまざっているはずである。海は活力を分けてくれるし、うろくずは遊んでもくれよう。下水の水は生きるだろう。生かされている、と信じるのである。

さて、もう一ツ云うことが残されている。処理場へ陸あげされた沈澱物である。世の中に何がきたないと云って、こんなきたないものを私は見たことがない。思うに「性の知れない」穢さであり、「得体の知れない、いっしょくた」の穢さだからである。泥も布も紙もゴムも、植物も動物も、財布もたべものも、ありとあらゆるものをたたきこんでくちゃくちゃにした穢さなのだから、デラックスなのだとおもう。それをここの人たちは丹念に干しあげ、一部分は肥料に製し、その余のものは自家製のメタンガスを発火させて、焼却消滅させるのだ。なにしろ夏場は、鼻のあることを嘆くような臭気らしい。だが、とことんまでの終りをさせなくてはならない。臭いものは貯蔵することができないから、その日のものはその日のうちに焼却することになっている、――そう説明されてそのどろんどろんを見ているうちに、あまりの臭いに胸のなかが逆流作用をしだした。よしんばここで淑女として遺憾千万の嘔吐の醜態を演じたとしても、大丈夫、こんなきたない中だもの、気がねはいらない、場処は選ぶに及ばない、――と咄嗟にそう思案して、あなやと思うその眼のさきに、でっかいでっかいどぶ鼠の腐爛死体が、そのくちゃくちゃの上に腹を向けていた。ううっと突っかけてきた逆流作用が、ちんと鎮まってしまった。奇蹟みたいなものである。あまりにきたないものの上には、嘔吐さえしかねるのであろうか。汚水処理場の上には初夏の夕映が美しかった。

まずかった

どうもまことに申しわけございません。今月は作文がだめになりました。海上保安庁を見学して記事にする心ぐみでいたのですが、それがまずかったのです。

「なんだ、だらしがない！」

とおっしゃると思います。そう云われてもその通りです。もし自分がそちらの立場にいれば、やはりそう云うにちがいありません。お許しください。編集部では、まずかった次第を書いて、せめてものお詫にしたいという私の願いを容れてくれました。だらしのないことですが、ごかんべんください。

実はこんどの海上保安庁もうまく行かなかったのですが、まえにも一ツだめにしてしまったのがあります。警視庁捜査一課なのです。スチュアーデス事件が起きていました。けれどもそれはまだ生々(なまなま)とした新しい事件でした。それであちらでは「荒川の通り魔」のほうをどうか、という意向だと聞かされました。たぶん私がもう溌溂たる年齢でないことと、家事雑用型の性格なり環境なりの女であることを、好意をもって考慮してくれたのだと私は思いました。新しい事件による刺戟の強さを考えると、素直にそうなずけたのでした。

しかし新しい事件には、正直に申して新しい魅力がありました。魅力などと云って不謹慎ならば、吸引力とでもいうのでしょうか。とにかく惹く力が強いように感じました。逆に古い事件には、距離があるようなのです。その事件に最初から、関心をもったのなら、たとえ事件が未解決のままであっても、時の経過はかえって手応え強く、ちかぢかと感じるかもしれませんが、まるで無関係にいたものにとっては、古い事件は薄ぼやけてしか見えないのでした。新しいほうがいいな、と思いました。でも、こういう性質のことは、自分の好むようにばかり主張のできない、弱いところがあります。殺人なのです。てきぱき早く犯人を押えることが、他の誰の好みより先行すべきことなのです。邪魔になってはいけない。私に警視庁を邪魔する気など毛頭なくても、結果がそれと同じことになってはいけないのです。

そうなると私は所詮は圏外のものであり、そして自分の若くない体力のことや、呑みこみの遅鈍さや、のうてんきな御機嫌さ加減などを顧みないわけに行きません。手足纏いになってもなんでもかまわない、こっちは勝手にがめりこむんだというのは、私にはいやなのです。それに自信もありません。殺人事件へじゃじゃ張りだして、落穂の一ツも拾いあげようという意気ごみはないのです。

ですから、私は新しい事件のほうに心惹かれながら、示された通りに荒川へ行くことにしました。この事件最初からここへ配属されて、苦心を重ねている関係者たちの時間の重さ厚さというものを、一しょう懸命に私自身も感じようとしながら。——

朝八時というのに寺本さんは荒川署の捜査本部に到著です。ちょっとウェーヴのある髪に櫛の目が立っており、髭も剃りあげてあり、眼鏡の奥の眼の充血などいっそ精悍で、シャツがぱりっとしています。でも事件の古さが私をめいらせるのです。二人の刑事さんに連れだって、聞きこみを見せてもらい、事件の地点を廻ります。いろんなことを教えてもらいました。それはそれで随分、おもしろいのです。でも私はなんだかしきりと頼りないのでした。この事件はもう毛細管だけになってしまって、心臓はどこか遠くに見定めがなくなっている——といったような心細さが来るのです。私は心臓を見たいのです。

ひきかえして、も一度警視庁へ寺本さんを訪ね、

「あなたがどう行動して、部下の報告をどう受け、どう思慮し、どう命令するか。また、事件発生現場でどんな処理をするのか。一ツそれをじかに見せていただきたいのです。」

と押しました。

断られました。

そんなことできないというのです。

「そりゃお仕事に差支えるようなことをあえてお願いしようとはいたしませんが、差支えるところは書きません。どうか見せてください。」

「困りますね。あなたの御希望のことは、警視庁はじまって以来、オール報道陣の悲願と

するところなんですがねえ——」

「悲願ですからなお見せていただきたいんです。」

「どうもねえ——」

と実にもの柔かくて、結局その夕がた、高井戸のスチュアーデス捜査本部で記者会見があり、そのときまたどんな発展があるかもしれないから、高井戸でまた会うということにおちつかされたのです。そこで夕がたまでにまだ何時間かひまがありました。スチュアーデスということになれば、そのひまに例の死体のあった川のあたりの地理も知っておこうということで出かけました。大した川ではありません。川岸の薮に赤い椿などさみしく咲いて、陽だまりには去年の薄が立ち枯れています。草履でその薄を踏みわけると、根に青黄いろな嫩い芽が出ていました。竹籠の毀れや、えたいの知れぬぼろ布などが棄てられています。ひきあげて来て、おそい昼食をとって、ふと気づいて電話連絡してみると、寺本さんはもう警視庁にいません。立川に新事件発生だといいます。慌てたといったらありません。すぐあとを追います。遠い道のりです。行きついてみればいま非常線を解くところで、事件は一見他殺のような実は自殺ということで、寺本さんは帰ったあと。

「行きさきは?」

「高井戸へ行くと云ってました——」

なんだか気が昂ぶって、

「何時に行くと云ってました?」と突きかかれば、「さあ、いずれ夜でしょう。」——

夜といってもそのとき日は暮れかかっていました。

高井戸署の前には盛大に報道各社の自動車が並んでいて、気後れするようなものでした。みんなが寺本課長を待っているのです。私は『婦人公論』の車のなかでちぢこまりつつ、窓ガラスは寒気を透してしまうものだということを確認したり、待つ身のつらさを味わったりしていました。恋する人を待つのもどんなにかじれったいものですが、捜査一課長を待つ身になればひどく所在なさを感じるものでした。少しウェーヴのある額髪のことや、充血した眼のことを思ってみても、一向に待つもどかしさはへりません。でもしかし、やっと氏が現われて記者会見を済ませたとき、ぽこんとお辞儀をした私を見て、寺本さんは意外なような表情をしました。それから応接室の鍵をあけさせて通してくれ、少し話しあいました。けれどどんなことでは、捜査一課の心臓がどんなふうにぴくぴくと活動しているか、じかに見せてもらったとは云えない、と私は思うのです。新しい事件では毛細管も新しい力で活潑ですが、どこまで行っても毛細管は毛細管で、心臓ではないようです。私は心臓が好きなのでして、心臓なんてものは絵や映画で説明を聴けばわかりはしますが、それだけでは私はだめなのです。あぶなかしい気がして書けません。私にとっては書くべきではないという気がします。

「どうかお願いします。」

「そんなに云われるのに、どうも……こちらとしても十分協力はしたい心を持っておるんですが、なにぶんにも悲願ですよ、それは。」

見れば課長のシャツも萎えて、署の電燈は眼のまわりの疲労をあばいています。私の疲労も暴ろされているはずなのです。――私は寺本さんをしくじりました。

負け惜しみやうぬぼれでしょうか。私はいまでも、逃げられたとは思っていませんし、寺本氏という、つかまえるのが本職みたいな人が、よたよた足の私を逃げる必要もないと思っています。ですからあちらが巧みに、身を躱したんじゃなくて、私の考えかたやりかたがつぼ外れ、見当違いだったのだと反省しています。残念です。残念さがちゃんと残っています。うまいやりかたがあるのでしょうが、わかりません。

先日、荒川事件もスチュアーデス事件も迷宮入りになりました。私にとって捜査課も迷宮みたいなものでしょうか。そうじゃあるまいと思います。でも「まずかった第一号」であることはたしかです。

そして今度の海上保安庁です。これは打合せのとき、私が早合点したとおもいます。海のパトロールを実地に見るつもりが、海上視察ならびに救難訓練の見学になってしまったのです。ばかだったと思います。私は警視庁だの保安庁だのに向うと、てんでついていないらしいのです。庁に弱いのかともおもいます。横浜からむろと号という巡視船に乗ったのですが、千葉港まで行って、帰りに三インチ砲の操作や、飛行機による洋上捜査、救命銃発射、ヘリコプターで漂流者救助作業（人形）、ゴムボート操作、消防艇の放水作業などを見て一日を過したのです。これでは海上保安の男ぶりを親しく見せてもらったとは云いがたく、ぐっとこう惚れて書きたい気になれないのです。こちらが訓練と実地をまちがえたのですから、万々手落ちはこちらにあるのですが、由来、見物人の前でおこなう演習というものは、どこか面映（おもはゆ）く、くすぐったい気のするものです。する身になっても見る身になってもです。これはまずいことでした。

もちろん乗組のみなさんは皆まじめで、緊張してやっていました。が、なにせほんものでない訓練であることは、いくらまじめであってもしようがありません。実地へまじめに取組んでいる姿には、誰も容易に惚れこまされるものですが、訓練には惚れきれませんでした。困りました。でも無理に惚れることはないと思います。無理に書こうとすることもいらないと思いました。そんな無理をしても読者の感情は鋭いのです。それに無理な惚れかた、あるいは惚れたようなつもりは、往々にして宣伝に通じてしまいます。今月のこれは、警視庁捜査課よりまたもっと出来の悪いまずさで、まったく申しわけありません。それで追いかけて、実地の仕事をも一度見学しなおさせてもらおうということにしましたが、それができればこの訓練見学も、かえってある深さを増すことになるのでした。

保安庁でもどうぞと云ってくださるのですが、これが陸上と違うところで、出港したが最後、もしつぎつぎに事件発生となると、無線指令のままにそれからそれへと、何日も帰れないかもしれないようなのです。船の計算というのはそのようなものらしいのです。陸の人間は朝出て夕がた帰って来る習慣に馴れていますが、こうした船はいつ出て、いつ帰るというきまりを持たないのでしょう。追い討ちの見学で間に合わせるという時間の余裕が私にありませんでした。それで保安庁は「まずかった第二号」になってしまったのです。齢甲斐もない不注意ですし、だらしのない失態でした。自分一人で書こうと思いたって、しかも書き得なかった作文はときに忘れることがあるかもしれませんが、こういうふうにできなかった作文は、おぼえ浸みて、なにかの上に足しにしたいことでございます。

お詫にかえて、——

ちりんちりんの車

ちりんちりんの車と云っても御存じないかたもあるかとおもう。ごみを取って行ってくれる車である。都でしている清掃事業のうちの一ツなのだ。むかし小学校で鳴らしていたようなりんを振って、ごみ集めが来たことをふれ歩くので、ちりんちりんの車というかわいい呼びかたをされているけれど、なにしろ扱うのがきたないごみなのだから、実際はかわいいなどとはとんでもない、問題の多い車なのである。

ごみ車とひと口に云うが、厨芥と雑芥とある。厨芥は云うまでもなく台処から出るごみだが、雑芥とは庭ごみや煉炭などの灰をいう。飼主のない犬猫がもし路上に死んでいれば、これもかたづける。ごみというものをめいめい自分の手で処理している農村山村のかたたちは、きっとごみ集めのしごとだなんておかしくお思いになるだろうけれど、街に住めば毎日わが家から出るごみを自分の手で処理しきれないのである。ばかばかしいけれどしかたがない。街という場処はそれほどぎちぎちと押し詰っているのだ。そしてごみというものがまた、それほどどんどん積ってしまうものである。ほんとにうまく行かないものだ。勉強だの努力だの金銭だの、ほしいものはずいぶん一しょう懸命になっても溜らないのに、棄てるものがこんなに毎日積り積って、車まで出してもらわなくてはならないとは――。

七時半、指定された場処へ行って待つ。すでに太陽は高くて暑い。出勤時間だからそこいらじゅうは白くちかちかしている。混雑している人々がほとんどみな白、あるいは白く見える淡色を著て早足である。こういう白く爽やかな人たちも、なんらかのどれだけかのごみをそれぞれうちへ置いて出て来ているのだと思う。すなわちごみ生産者、ごみ製造人の行列である。――さて私はきょう、厨芥車について行くのである。同じごみでも雑芥よりも厨芥と云って頼んだのは、現在の時期が台処ごみ最盛期だからである。最盛期だなどいうことばは私が勝手につけた云いかたで、量も多いし、きたなさも臭さも一年中でいちばん凄い時期なので、最盛とでも云うほかない。ほんとは最悪というものである。

五人一ト組、一人あたり約千～千百戸を受持つが、千戸の台処ごみというものは、このちりんちりんの手車四台の分量である。だから一人は四回、車をからにしたり一杯に積んだりするわけで、一回の目方、普通七十貫から日によっては百貫以上をも曳くことがあるという。そう、ごみも日により時によりである。月曜は難儀だ。日曜は車は休むが台処は休まない。土曜日の午後から日曜いっぱいかけて溜ったごみを月曜に取るとすれば、これは思っただけでもその大変さがわかる。それだからまだしもましな雑芥のほうへは比較的年配の人を当て、厨芥車へは若い威勢のいい人を当てるようにするとのことだ。そうでなくても交通禍の多いところを、こんな重い手車を人の足で曳くのだから、よほどの体力がなくてはできない業(わざ)であろう。

そんな、ほんの三、四分の立ち話をしている間だったが、車は強烈な臭いを発散させていて、微風が来るのを待ちかねて鼻をそちらへ向ける始末だ。「どうもこの臭いがねえ、――」自分がわるいからのように恐縮して、その人は済まなそうに云う。そう云わせまいとして出て来たのだったが、とにかくとてもかなわない臭いだ。そういううちにも、手品のようにぱらぱらと女の人たちが現われ出て来て、第一のごみがから車へ投げ入れられた。たしかに私たちは立ち話をしていて、まだりんは鳴らさなかったと思うのだが。――

「暑いね、きょうも。」「あ、おはよござい。」

車のおしりから早速ぼとぼとと濁り水が垂れて、なかを覗けばうじゃじゃけたものがかたまって、しかも赤や青や色彩(いろどり)がある。それがふっと美しいと見えた。なぜだろう、きたならしいんだけれど、濡れて艶々と美しい色だった。からんからんからん、ごとごとと車は勇ましく坂をのぼって行きはじめる。行手にはもうごみバケツを持って、出て待っている姿がある。待たれている、と思ったがすぐ気づいた。それは曳く人にとっては荷であるはずだった。

電車通りを行くのである。電車通りへ直角につながる横町や路地の、一本一本からごみは排出される。その奥に三軒五軒と住いが建てこんでいるからだ。そのへん一帯は坂下町と呼ばれる地名でもわかるように傾斜地帯であり、横町はごく狭いから車は入らない。大通りにりんを鳴らして待っていても、棄てる人はなかなか早く出て来ないし、こちらのしごとには一定の時間があるから、こんな地形のところでは車を通りに置いて、こちらからさっさと大籠を持って集めに出かけて行くのである。こちらから云えば時間と労力が余計かかるわけだが、それもやむを得ない。なぜなら、車からは絶えず汚水が流れ出てその辺をよごすし、悪臭はあるし、蠅はうるさいし、遠慮気苦労がいるのだ。だから一刻も早く立退(たちの)かなくてはならない。多少の労力に換えられないという。多少と云うけれど、籠一杯四貫はある。虫のわいたうじゃうじゃぬるぬると雫の垂れるものを四貫かかえて、狭い石段の道を急ぎ足にのぼりながら、「済まないけど、あと流しといてください」と云って、明日また来るときにもいやな顔をされまいとする心づかいは、多少の労力だろうか。私はうんとした労力だとおもう。

家によっては人が出て来ず、ごみの箱だけが出してあるところもある。そういうのはきまっているとみえて、一々こちらが手をかけてあける。早く勤めに出てしまう家、もっと遅くなくては出勤して来ない事務所、それから料理店・飲み屋さんは夜おそい商売がらまだ眠っている。それが不思議なものだとおもう、同じごみ箱なのに、「すみません、ここへ置いておきますから棄てといてください」という慎ましい姿に見えるごみ箱もあるし、突き出してあるといったふうに小面憎い姿に見えるのもある。ものの置きかた・置く場処だ。ごみ箱にそんな神経を使ってたまるかい！　とおこられるかもしれないが、私はそういうのを見て、菓子鉢や花瓶の置きかた・置き場処を聯想した。けれどもそれはあくまで本職でない、見学人の私の心の中だけであって、厨芥集めという強烈な作業は、そんなことにかまっていられるほどののろくさい作業ではない。身をかがめ、容器の蓋を取り、ぽんと打ちつけて中みをあけ、かさっと蓋を被せる。それを何度でも黙々とくりかえす。──その間に何の他事も入りこまぬものらしい。手のあくかぎり、車へ来る人のバケツも取ってあけてやる。老人なら大概は手伝う。

棄てに出るのはほとんどが女性、男の人はその車いっぱい集めるうちに四人か五人だった。女のうち老人と若い人と中年層とを較べると、五十五、六ぐらいまでを中年に入れて、中年層が多い。お母さんという人である。ついでお年寄が眼につく。若い人はお勤めに出るからだろうか。服装は簡単服に前掛が多く、ゆかたに狭帯・襷がけも割合にある。

スリップの人が何人かいて、さすがにいささかお気がねの態と拝した。化粧も済んでいて、忙しくなさそうな人はごみと相対して、ひどくしゃんとして見えるが、八時というのにもう身じまいの済んでいるのは、よほど早起で朝食が簡単な習慣なのか、それとも何はともあれ第一に身じたくなのかよくわからぬ。大バケツ二杯にぎゅうと詰めたのを持ち出すような人は、しかけた用事をうっちゃらかして、慌てて出て来た様子がはっきり読めて、その大家内の朝の忙しさが察しられ、それでもこちらの受ける感じはいい気持である。白い割烹著に白髪の頭が載って腕ももう細く、小さいごみ箱には今朝のおみそ汁のしじみが黒く入って、キャベツの屑にいり麦がぱらぱら、それをひっそりとあけて、くるりとうしろ向けばこはいかに、割烹著の下はネルのおこしまき一ツで背中はまる出し。サンバックと同じスタイルである。健康が思わず嬉しいのである。

厨芥はどなたも御存じ、そのきたなさを改めて書くまでもないが、車いっぱいに盛られたところをよくよく見れば、きたなさとは何かと考えさせられる。品数がごたごた多いのもきたなさのうちに入るし、小さい大きいがまざっているのも、形が崩れ放題なのも、色彩があるのも、腐敗途上ということも、水分も重さも、要するに埒くちないのがきたならしさだと云えようか。そこへ臭気だ。鈍く烈しい臭いだ。重い臭いだ。人から嫌われるのもあたりまえである。これが好きだというなら嘘だ。ここにこのしごとのやりにくさがある。はばかりの汲取も清掃部のしごとの一ツだが、同じ悩みである。してもらわなくては困ることであり、物である。こちらも承知の上でしているのである。それだのに作業の実際面では彼我ともに摩擦が多い。そのあまりのきたならしさ・臭さがそうした感情を煽ること明白である。穢さと悪臭は人に嫌われながら、人の間に争いの種を蒔いて行く。そば杖を食うのが作業員である。

「無理もありませんよ、あたしたちだってほんとに臭いもの。だけど、あっちのほうから駈けだして棄てに来る人を待ってるんだのに、ぐずぐずしているみたいに云われちゃいい気持じゃない。人によればまだそこに棄てる人のいるうちから、あたし一人を睨み据えて、もうはや端からしゃあしゃあとホースで水をかけはじめる。自分だけの用が済めば他人はどうでも、さっさと行けよがしだ。そいでもきたない水が垂れたことは事実なんだし、それを流してくれるんだから、こっちとしてはお礼の一ツも云うところかもしれないが、いくら商売にしていても、こう嫌われるかと思えば、——おれのせいで臭えんじゃねえぞ、おれのせいで水が垂れるんじゃねえや、と云いたくなる。くらしの道はどれも苦しいにきまってるけど、嫌われる商売は辛い！」と云う。

感情を荒立てさすきたないものを中に挟んでは、「暑いね、きょうも。」「あ、おはよござい」という、好意あるやりとりだけにしたいものである。きたないはほんとうでも、

「きたないわねッ」とそれ一ツでおしまいだ。だから無論体力のこともあるが、この職場に女はだめだ。感情的に成り立たないだろう、ということである。ごみそのものに対しても、お客さん（？）との間のことにも、職業的にもたらされるコンプレックスに対しても、感情は鑢（やすり）にかけられているに等しいからである。

私はからんからんと、せめてりんを振らせてもらいたいと申し出た。だって、したり顔してメモなんか取っている気になれないのだ、中途半端で。棄てる人と集める人と二種類しかないところに、私は厳然と泰然とメモなんかしている勇気はなかった。きたなさとは、私へそんなふうな迫りかたをしていたからだ。

「そいじゃまあやってみますかね。」

仲間にしてもらえたような嬉しさがあった。からあんからあんからあんと振った。四十五、六年以前の小学校の庭が浮かんだ。夏休みまえの校庭は葭簾（よしず）張りの陽よけがしてあって、地面には陽と影がまだらだった、と思いだした。ところがりんは取りあげられちまった。

「もっとこう、威勢よくね。でないと、いつものりんでないからごみ屋じゃないと思って、出て来てくれないですよ。これの音もおなじみなんでね。からんからんからん。」

――やられたと恥じる。

一車七十貫余の荷のうち、きたなくないと感じられるごみを棄てた人は二人きり。一人は前記の割烹著の老人、もう一人は四十代の肥った奥さん、——肥ったなりに小粋に白地のゆかたを著て、私へ怪訝(けげん)な一瞥をくれた人。二人とも水分のきれたごみをあけた。

積みかえ場。すでに仲間の四車ともそこへ到著していて、小型トラックの来るのを待っている。それへ積みかえて、船だまりまで運び、さらに舟へあけて東京湾八号埋立地、または夢の島へと持って行って廃棄・埋立をするのである。と云っても、積みかえ場という特定の場処があるのではない。けしからん次第ながら都はその設備をしていないのである。だから現場の作業員はほんとに気の毒である。ここのところは大きな活字にして印刷しておきたいくらいに思う。きたないものは、いじくりまわすとき最高にきたないのである。臭いものは、ほっくり返すとき最高に臭いのである。積みかえとはつまり、いじくりまわし掘っくり返すことである。午前九時快晴、夏の太陽の登って行く勢である。烈日である。今夏最高の炎暑だというのである。その下で五台のごみ車がつぎつぎに中みをぶちまけて、トラックへ積みかえるのである。それも手早な作業だ。凄惨な色と臭いと、人体の運動である。凄惨すぎて、げらげら笑いだしたくなる滑稽感もある。そのくせ、さし迫って泣きそうでもある。「私は一種の急性ヒステリーになってるぞ」と思ってこらえる。気が鎮まれば、鼻がもげそうだ。陽焼けて肌がぴりぴりする。しかも見ればみごとな馴れを見せている手順だ。にも拘らずなおかつ、はねかえり飛び散るぐしゃぐしゃである。飛び散りの一粒一粒よ。なんときたないもの！　ものはみな終りへ終りへと辿らねばならないけれど、口に入らなかった食べもの、食べあましの食べものが終りへ辿ろうとするときのこの凄さ。

こんな醜い、おそろしいような不潔な作業をするのに、場処がないのである。だから大道の片端でやるのだ。なるべく広くて、店屋さんの前などでないところ、人の眼にかからないところでやろうとするが、そんな場処はありはしない。都が手をつけてくれないのだから、実務に携わる末端の作業員が、苦情を受け受けあきらめつつ、今日はどこにするか明日はどこにするか、悩みつづけて、やはり白日下の大道でおじおじやっているのだ。したがって口ぎたないこごとにあえば、いきおい物怯じが逆に喧嘩腰の買いことばにもなろうというものだ。ほんとにまた二日も続けてうちの前でやられたら、聖者でも苦情を云うにちがいない。どっちもやりきれないのだ。どなる人もどなり返す人も無理ないのだから、せつないことだ。オリムピックだなんだというが、まず第一に自分たちのことだ。これはいわば食物屑の瀕死寸前体の処理といえる。五年内になどと云わないで何とか早急に善処してください、その筋の上層部のかた！　胸のどきどきするようなきたなさなのです、くさいのです。いやなのです。西瓜の皮へおさかなの頭がへばりついていて、何やらうようごめくものも見えるのは、おっかないのです。手車の人たちはまたすぐ別の地区へ出かけて行くらしく、私はごみトラックに便乗して舟だまりへ行く。

紙数も尽きそうだ。この日私は八号埋立地を見せてもらい、また他区の養豚飼料（各家庭に頼んで厨芥に刺戟物、香辛料を棄てないようにしてもらう）とその運送先（久留米）まで見学に連れて行ってもらったが、残念ながらそれは又の折に触れることにして、途中一ヵ所立ち寄った溜り場で、偶然行きあったことを話したい。

夏はごみが特に多いので臨時作業員をつかう。その一人だという若い男の子だ。左の人差指の根もとを深く怪我して、ぽたぽたと血が垂れている。厨芥だというのにその中にガラスの破片が入っていて切ったのだ。かたえによごれた手拭がぐっしょり赤くなって投げ置かれ、彼はうつむいて茫然とした様子だ。その手に厨芥のかすが乾いてへばりついている。年配の経験深そうな、これも作業衣の人が救急箱をひろげて、鮮やかに黄色いリバノールガーゼへ鋏を入れようとしている。手当をしてやろうとするのだが、血は溢れている。私の案内役をしてくださった指導員のかたが、医者へ行くようにすすめた。低い小さい声で若者は素直に、「はい」と云った。そして起ちあがった。血の気のひいた蒼い顔にごみのはねが飛び散っている。痛いのだろう。怪我の手を庇った身ごなしで、物入れの袋戸棚へ片手をのばすと錠を外して、掻きさぐっていて、財布をそっと腰ポケットへすべりこませた。

ああ、このひと、お金を払うんだ！　と思った。清潔を感じ、母親の本能みたいなものであつくなった。「帽子かぶって行かないと、あなた少し貧血しているようだから、おてんと様の下歩くといかれやしない？」

「はい。」彼はうすく笑ったが、やはり起ちあがればなお蒼い顔だった。

年配の人が介添について行くと云っていた。ペニシリンがこの世にあることがせめてありがたく思われた。不潔の消毒のと云っても、どうしてみようもないしごとであり、貧しい設備を申しわけなく思うのである。臨時の人に医薬の保険がどうなっているか、急いでいて聞き洩したが、財布をさぐっていた姿は印象に深い。汚穢も悪臭もひととき退くものだった。

土一升、金一升の街のなかに、塵芥処理のための用地の余剰がないというなら、共同のデスポーザーはどうだろう。割高かもしれないけれど、すぐ下水へ流せるのは、人手の点と気持の点とで、かえって廉くはないかとしろうと考えである。

救急のかけはし

それは、それっ！　というものだった。「地下鉄＊＊駅……」と、私はそれだけを辛うじて拡声機から聴きとったのだが、階段を駈け降りて誰かにぶつかり、とにかく白い自動車のおしりへとりついて乗りこむことができた。本郷消防署救急車、午後九時である。地下鉄＊＊駅に誰かの変事が起きて、救援が待たれているのだ。

居残る署員たちに見送られて、この白い車はううと高いサイレンの第一声を発し、おでこに赤いランプ——病院と同じ赤い救護のランプをつけて、のっけからスピードを出している。路上すべてのものは道をひらく。優先急行するのだ。そのゆえにカーヴを直線に走って行く。道路に従って法規通り走るタクシーしか知らない私は息を呑んで、「急ぐとはこういうこと、こうしなくては間に合わぬ」と思い知った。もう到著したのだ。＊＊駅の燈は明るかった。四名編成の隊員たち——隊長・運転係・隊員二名——はもう降りて、いなくなっている。慌てて追う。通行人がみな見ているような気がした。

急病人だった。駅長室に寝かされていた。その顔色の悪さ、土気色。胃痙攣らしいと云う。三十すぎくらいの年齢、服装・態度、インテリ。同年輩くらいの友人がついていて、東京駅から苦しみだしてここでおろしたと説明する。そういうひまに担架へ移している。手品みたいに担架はもうそこへ拡げてあったのだ。苦痛にしかむ表情。「頭を上に、足は下だ下だ」と云いあう隊員。いくら急いでも階段をあがる担架は慌てない。私だけが気分がとげとげしくなっているらしく、悠々と担架の鼻さきで道を譲らないハイヒールの人を押しのけたい焦躁を感じる。

救急車はおしりのほうの扉が観音びらきに広く開く。ベッドは二床、まんなかが通路であり、時によればその通路へも担架を渡して、臨時ベッドをもう一台ふやす。隊員は病人を車へ運ぶまでに、適当な送り先の病院を決定しなくてはならない。そういう病院は指定されているのだが、なおかつ情況によって最も適当と思う一ヵ所を早急にきめなくてはならない必要に迫られているのだ。指定病院は外科設備のある、ベッド数いくつ以上の、宿直医師がいて夜中も診療にさしつかえない病院――ということである。隊長は現場から最も早く行きつき得る適当な病院を選定するのだ。この急病人はすぐ近くの名高い綜合病院の車寄せへ運び入れられた。夜の病院の廊下は特有のわびしい空気が澱んでいて、暫時そこの長椅子に置かれた担架には間歇的な苦痛が動く。係の若い看護婦さんが音立てぬ猫足に行ったり来たりする。

「せっかく最高速度で運んだのに、先生がこう待たせちゃ甲斐がないじゃありませんか」と私が口に出した。

まだ汗のおさまらない隊員は平らかに答える。「こういう大病院は、当直の先生の詰めている病棟が玄関から遠く離れていることがあるんですよ。それに、容態の悪化した患者のところへ臨時廻診に行っていることもありますし、一概に遅いと云って責められない事情もあるんです。いろいろな経験に会いますよ。サイレンを鳴らして玄関へ乗りつけるのが聞えないはずはないのに、ドアを叩いてもなかなか出て来てくれないこともあるし、寝ぼけきってる受付にいきなりどなられることもあるし、……それも何も自分の連れて来た病人の容態と睨みあわせて、臨機の応対をしなくてはね。このしごとは根本が異常事態の発生なのだから、それに附随して起きる事柄も、まず規定通りにはならない場合のほうが多いと思っていなくてはね。」

出動から先生の診断まで二十五分、先生待ちが十一分である。病人はいくぶん顔色をとりもどしたが、胃痙攣発作の既往症があるので、大事を取ってそのまま入院ときまり、隊員は病室まで見届けた。書類に先生の捺印を乞い、御用済みの空担架をさげて出れば、ほっと一段落である。

「終ったわね」と云えば、「まだまだ。帰署して報告を書かなくては終らない」と云う。

なるほどそうだろう。

しかし、私たちの帰るのと入れ代りのように、受付へは、患者さんのうちから届けて来た蒲団が運びこまれた。奥さんもあとからすぐ来る由の伝言も齎された。よかったという気がする。途上急病の異常はこれで終了したとは云えないけれど、もう大丈夫と思う。妻というものが、見ず知らずの他人へもこんなに大きい安堵感を与えるものかと感心する。救急隊が現場に到著したとき、たしかにその人の病苦は隊員が代って背負ったという頼もしい感じがあった。それなのに適当な処置が講ぜられてほっと一ト安心したいま、ただ奥さんが到著するというだけのことで鮮明に、これでよかった！　と一線がひかれるのである。妻というものの力。静かに考えれば、あるいはこの夫妻といえど常日頃かならずしも円満かどうかわからないのである。冷淡な仲かもしれないのだ。けれども、たとえそうであっても、奥さんが来るということは、異常の終了を思わせるほど力あることなのだ。

帰路はサイレンを鳴らさない。交通法の定めるところに従って白い車は走っている。カーヴもぐるりと廻り、信号も待つ。

「今夜はまだほかに何かありそうだ。そんな勘がある」と、隊員たちはつぎの出動に備えて整理点検しながら云う。一年を通じていちばん多いのが交通事故だが、季節にもより、天候にもより、月にもより時間にもよって事件の数にも種類にも微妙な偏りを見るという。たとえば服毒自殺は人の寝静まる一時すぎなどに多く、蒸暑く重くかぶさったような天候には、犯罪傷害が出るという。いくつもそうした経験をしているうちに勘というか気当りというか、なんとなしの予感も生れてくるのは当然かもしれない。そして、今夜はその勘があると笑う。何かちょっと大きな事が起きやしないかと思うそうである。

「まあ平均して、夜は八時から始まりますね。そして一時すぎまでが一トくぎり。それからちょっと間を置いてあけがた四時・四時半にまたありますね。」——いずれも変事なのである。その変事にもまたひとりでに息づきがあるとはかなしい。人間は所詮はどんな場合も時間の支配下にあることを思う。

そんな話をしているところへ、また拡声機が伝える。一瞬しんと静まって聴く。「地下鉄＊＊＊駅……」と私にはやはりそれだけしか聴きとれない。「犯罪か。」「傷害？」といったことばを聞捨てに駈けおりる。そういうことにぶつかるのは始めてだ。うううと吹鳴を響かせて走る車のなかで、白衣の手を通そうとすればうまく行かぬ。もがもがとつかえて、もう汗びっしょりである。

今度はさっきの駅の隣の駅である。駅前の広場からは感じの悪い暗い道が三方へついていて、いやな場処だということを私は知っている。駅はひっそり、改札に一人いるきり。

隊長が飛び降りて、どっち？　と訊く。黙って、あちらへ曲れと、手振りをする。曲ればとたんに、ライトのなかに異常な群像が、いっせいにこちらへ顔を向けて浮きだした。がくがくする興奮が来た。事柄は何もわからないのに。

ポリさんが「オーライオーライ」と停止位置を誘導している。顎紐だ。半裸の男たちの上に、私ははじめて見た。云うに云えない緊迫した、恐ろしい靄みたいなものが漂っていた。「一人か二人か？」「二人、二人！　早くしろ。」「待て待てっ！」石つぶてのごとく重量あることばが飛んで、誰に誰が云うのかわからぬ。ごった返して揉む人にみな血がついていると見た。何か手伝わなくてはならぬ、とそう思った。

それを同乗の編集部の人におさえられた。「いけません。あんなにあばれているなかへ。怪我をします。行かないでください。」

そう、その通り、人のかたまりが割れてそこに見えたものは、胸からあけに染まり、手足を四方にとられて、なお何事か叫びあがく人のからだだった。「ばかっ。こっちが先だ、こっちだ！」一人の負傷者を庇う二タ組の人たちが入り乱れて、どっちを先に車内の寝台に載せるかと争っているのである。私はひるんで運転席へへばりついた。

ぐっと車内へ押しこまれた担架は、まさに終幕だ。裸の胸をおさえた白い布がくたくたと赤く、腰の白いすててこははでに彩られている。血と土によごれた全身だ。荒々しく胸板が上下して呼吸している。遺憾なくたくましいからだだ。くうと息をひいて苦痛をこらえる。見てはいられない。枕をさせていいものか悪いものか知らないが、私は落ちている枕をはたいてさし出した。

「や、どうもお手数かけて」と思いがけない尋常な挨拶が返された。むろん本人じゃない、担架について躍りあがって来た、これも半裸の血だらけな人が云った。

もう一人の人は頭から筋をひいて血を流している。眉の上にも傷だ。手にもとろりとろりと血がはみ出している。横に足を縮め加減にして、よくわかる、ただこらえているのだということが。

「いいか、よし」という応答で観音びらきは音立てて閉じられ、ゆらりと発車した。何人押しこんで乗ったろう、いっぱいだった。血の臭いと男の体臭と垢くささが箱——そう、車は箱の感があった——に立ちこめて走った。片方に嘔吐があるという。膿盆をあてる。隊員はプルスをとりつつ、じっと病人の口もとを見ている。呼吸を数えているのだろうか。消毒ガーゼがそこここへあてがわれた。それが貴重に白く清純だった。

車は速力を加減して細い横町へ入り、サイレンはより高く鋭く鳴りわたり、軒々には人の顔が重なっている。ここでは若い看護婦たちがもう担架操作を手伝いに出迎えていて、停車と同時に、「何人です」と訊いて受入れの態勢を示した。古い建物らしいし、あたりは雑然としていたが、さすがに外科の手馴れた経験がしみ出ている。入院患者も物見高く見ているし、追っかけ駈けつけた二人の同輩や警察の人やで、病院の廊下の身をよけなくては通れないような、混雑のなかに、「刃物は?」「鑿とビール壜。」「お酒?」「はいってる。」「喧嘩?」「そう。」「身許?」「わかってるんだ。」「いくつ?」「両方とも三十前後」といったことばが流れて聞える。院長は痩せた年輩の人、床に入っていたのを急いだと見えて、ゆかたの上に白衣。当直先生は看護婦を指令している。

ひきわかれた室にそれぞれ横たわる喧嘩同士は、二人とも腕にいいれずみがあった。胸に鑿を刺されたほうは傷をさぐられ、頭部を裂かれたほうは髪を刈られた。

戸口に折りかさなっている仲間たちの一人を見かえって院長は、「あんたも傷かね」と問う。云われるのが当然なほど、あちこち血だらけだ。「いや、怪我はしていない。」「そう。そんなら水道のところへ行って洗って来ちゃどうかね。」「そうだね」と、自分のからだを眺める。

私は椅子へかけずにいられなかった。何も手伝いはしないのに、きっと眼から入りこんだ疲労だろう。自分の身一ツ立っているのが辛かった。網膜に残っている刺戟が浮きだして困る。患者のからだを拭く看護婦のタオルが見る見る雑巾のようによごれて行ったのなどが、ありありと見えてつらい。

奥行の浅い受付に人は出払って、壁に貼った病院規約が受付の留守番をしているかたちだ。電話が鳴っても人がいない。人は病院じゅうに溢れるほどいるが、電話の責任をもつ人がいないほど、みなが両方の手術台へ集まっている。隊員が代って受話器を執るといきなり、「はい、こちら＊＊病院」と云って出た。病院の人のごとく平然と代理をした。それがひょっと改まると、「は、は、は」という直立不動のときみたいな固くなりかたに変った。ぴんと来て、署からの次の事件の通達だと思った。その通りだった。

担架はまだ一ツはふさがっていた。だがそれをとかく云っていられない。「またあとで」と云いすでに、六人は車へ乗る。うううと、いまは夜深くなった街へサイレンはも一度鳴りわたる。もはや私には時間などむちゃくちゃである。さっきの疲労感などない。車の動揺を踏みこらえる足には、逆に力が入って強いのだ。ふと思う、――救急隊員はかわいそうだ、と。くたびれていても次の通達を聞いて、サイレンに鳴りだされればどんなにか疲労を忘れるのだろう、と。

この私でさえ、うそのように疲れを忘れて先を急ぐ一心だものを、まして明け暮れこのことばかりを思って生きている人たちが、サイレンに励まされないわけはない。そのサイレンの向うところに人の変事があり、変事へ馳せるこの人たちなのである。かくて二十四時間三十分ぶっ通しの勤務に、「床に就くひまのない連続出動ということもいくらもあります」ということになる。それは長年経験してきて、どんな場合にもさほどひどく神経を疲れさせるようなへまはしない修業を積んでいるだろうが、それにしても眼前に現われて来るものはみな、私たちと同じ人間が異常事態に苦しむ現場ばかりである。疲労の回復のひまもないうちに次のサイレンは鳴る。

「女のひとには勤まらない職業ですね。」

「ええ、なにしろこの通りですからね。女はどこの署の救急隊にも消防隊にもいません。」

「これから行くさきは何ですか。」

「交通事故です。頭部強打だというけれど、頭はねえ、いやですよ。軽くてもらいたいです。」

それがあいにくと軽くなかった。外傷はなし、しろうと眼にはさほどのことに思えなくても、嘔吐があってそれは好ましくない状態らしかった。だから気をつけて口を利かなくてはならない。当人の耳へ入れていいこととい けないことがある。気が落ちたとき呼吸も落ちることがあるからだ。夜業をしていて、煙草を買いに道路横断しようとして自動車に触れたという。どちらの過失か、ここでそれは問題外である。けられる適当な場処へ連れて行くことである。いわば事故の現場と医師・病院をつなぐかけはしの役である。救急隊員は医者ではないが、救護一般の知識の課程を習得している人たちである。救急車内で必要とあれば応急の処置を施しもするが、要は一刻も早く病人を医師の手に送ることである。その署の救急車の出動する地区はきまっていて、そんなに遠くまでの距離はない手筈になっている。早くするという条件にかなうよう、地区割や指定病院はうまく按配されている。けれども救急車の出動を見なければ、現場の病人・怪我人と医療は結ばれない。救急車と救急隊員は疾走する橋である。

前の二事件は幸に両方とも、友人なり同僚なりがついていたから、家族へ連絡はすぐついたし、苦痛をこらえている当人にものを訊いて返辞を要求しないでも済んだ。これは思えばしあわせなことだった。訊くほうも答えるほうも助かるし、家族も早く変事へ駈けつけることができる。第三のこの人は頭を打っているというのに、はっきりした知り人がいないので、どうしても当人に訊くほかない。工事をしているうちの主人は附添って来たが、この人は怪我人の身もとを知らない。きっと工事請負の親方がさしまわした人夫さんだろう。そして多分身もとを知っているであろう親方は、もう自宅へ帰っていて、急ぐ連絡の方法はない。

「名まえ何というかね。」大声で答えてはくれるがはっきりしない。キンだかケンだかわからない。そしてそれが自分なのか弟なのか親なのかも不明だ。打ちどころのせいか、明瞭のようでいて混乱している。しつこく訊けば、やはりじれったいらしくて声を荒くする。住所も電話番号も不明のままにいろいろ云う。電話番号は不明確のままながら、云われる片はしから一縷の希望を托して掛けてみる。みな違う。どうやら四桁のその数字は間違わぬものの、組合せが乱れているのか、正確な記憶はあってもことばに出すとき狂うのか。

そういう間も嘔吐は続く。血液を交えた桃色に泡立つものを大量に吐く。脊椎から採液して調べると、血を混じている。いまはまだ興奮状態にあるからいいが、これが鎮まるとき急変が来るかもしれないと予測される由だ。早く家族を呼んであげたい、呼んであげなくてはならないのだ。東京に近い埼玉県の人だというので、消防署や警察の横縦の連絡を動員して、可能な限りの処置をとる。それが間どろこしい。やっと弟さんの勤め先へ連絡が届いたとき、ひとは知らないが私はほろりとしてしまった。電話のあちらがショックを受けているのが、隊員の応答で察しられる。けれども診察室と医局の電話とは、あけ放しの廊下一つだから、迂闊にほんとうは云えない。みんなが耳をすまして静寂にしている。対手(あいて)の云うことがかすかに聞える。

「どんな容態ですか。」

「ええ、いま医者の手当を受けているところですがね」とそらす。肉親の人情が、生命は危険なのかと訊かせないのである。察しないのである。こちらはやむを得ない、とにかく早く来てくれと頼むの一手である。本心を云えば自動車へ乗って駈けつけてもらいたいのだが、そうは云えないのだ。誰にも事情というものはある。その事情はわかっていないのだ。今はじめて電話で話す対手なのだ。遠慮というより、そこがせつない救急隊員の一ツの限界である。限界に突きあたっている苦悩であり、もどかしい焦慮である。

時間は流れる。やっと埼玉へも連絡がついた。「そうですね、どっち道もう東京への電車はないでしょうね。何か至急来ていただく方法はありませんか。はあ、いえ、そうじゃありませんけど、御本人もそちらさんの名を呼んでいますから、なんとか……」

そばで聴いていても、胸苦しくなる電話である。隊長の額から頸から、汗が噴きだしている。がちんと受話器を置けば、私の心もがちんと響く。「ああ、よかった」と誰も人情は同じだ。あとは時間だ。それは神のしろしめすところだ、いのちの保つ保たぬも、間に合う合わぬも。

ベッドでは看護婦が二人して、幾重にも巻かれているさらしの腹巻を苦労して解いている。そしてずぼんもぬがせ、白布で腰を覆う。打撲傷が調べられるらしい。怪我人は足を縮める。おさえて伸ばすとまたそっと縮める。そういうかたちが楽なのか、本能的な無意識の動きなのだか。これはあちらの喧嘩出入りの人もそうだった。偶然の共通だとは私には思えない。

食塩注射が施されるらしい。「腕を伸ばして。縮めちゃいけない。」

ぐりぐりと盛りあがった筋肉だ。さっきまでこの腕の力は工事に活躍していたものを、なんと脆いものかと思う。

「頭をどうかしてくれ、痛いよう」と、さっきよりだいぶおとなしいのが気になる。また足を縮めている。膝がしらを開いて、爪さきをまるめて絡めあわせている。これは私のよく知っているかたちであると思う。だが思いだせない。別に必要なことではないと思うが、妙に気にかかる姿だ。片腕は注射のために固定されているけれど、もう片ほうの腕は折りかがめて胸につけ、指を拳に握っている。そして足の爪先は絡めあわせている。これはよく知っている姿なのだ。心ひかれる姿だ。――そうだった、女ならよく知っている姿だ。赤ちゃんが蒲団に寝かされて、あぶあぶなどと云っているときの姿だ。そう思ったら、ついにその場にこらえられなかった。誰の子か知らない。だが誰の子も同じだ。祈った。お母さんがあるならどうか早く来てあげてください、と。三十二歳とかいう、それなら母は私とほぼ同じくらいな年齢だろうか。

ポリさんが三人、あちらの隅で低声で打合せをしていた。事故の自動車会社の人が二人、洗濯したまっ白いシャツで入って来て、控えめに大きなからだを持ち扱っている。この人たちも愁いは濃い。ほんとに気の毒な縁でつながれたものだ。「もう少し早く来て埼玉へ家族のかたを迎えに行けばよかったのに残念なことをした。申しわけありません。」迎えに行ったとて、もしかすれば気の立っている家族は事故の会社の車ははねつけるかもしれないのだ。が、そんなことは毫も思っていない素直な人たちのようで、ベッドをちらちらと臆病に見やっていた。「あの、大丈夫なんでしょうか。」

私はたまげた。私を医者と間違えていて疑わない眼だ。これはなんともてれくさい。私は白衣を著ていたのだ。にせに化ける気は毛頭なかったが、たしかに偽装だ。しかたがないから「私にはわかりません。あちらの先生に訊いてください」と云ったら、へんな顔をして、ほんものの先生へは訊かなかった。

風が出て気温はさがっていた。嵐めかしい風の吹きかただ。さっきの外科へ寄って担架を取って来る。廊下は静まって、だがまだ仲間らしい人が二、三見えていた。署に帰れば署も夜ふけていた。「御苦労さまでした」と犒われるが、こちらがぐったりしても隊員さんはもう机に向いて細字を書いている。報告書である。あんな場処から帰ってすぐものを書くとは、えらい修業をしたものだと驚く。私はものを書く気に到底なれなかった。

「もう今夜はないだろうね?」

「さあ、わからないな。もう一ツくらいあるかもしれない。」

私はもう沢山だと思う。だが今から帰宅する気もない。休みたかった。と、また拡声機が鳴る。また交通事故だ。何度飛びだすにもその都度、私たちより早く手すきの消防士さんたちが道路に並んで、他の交通遮断をしながら見送ってくれるのは嬉しい。はっきり真夜中だ。はっきり私たちは眼を前方へ射ている出動だ。疲れてなどいない。だから明日はどんなにまいるかと苦笑する。サイレンは冴えて鳴る。出動も四回になると多少わかってきた。事故にこまかい番地はいらないのだ、人だかりの塊がそれを知らせているからだ。はたして人の塊が見えてきた。停車すれば地面に血とおぼしいしみがある。そして人はもういないようだ。ポリさんが、「いま病院へ行きました」と云う。どこかの救急車がさきに来てくれたのかと思えばそうでない。怪我人が自分で車を運転して行ってしまったという、狐につままれたような話だ。道路工事をしてアスファルトに浅い穴があった、それへ乗りかけてハンドルを取られた事故だそうだが、血をこぼすほどの怪我人が運転して行ってしまったとはほほえましい。こちらはまぬけな手ぶらの帰途だが、それでもかえって気が晴れて、ふわんとした。

「それにしても引揚げるとき、あとへ気が残りますね。」

「それなんですよ。今のなど愛敬があるけど悲惨なのもあるんです。身内があっても冷たくされてるのもあれば、働き手に大怪我されたおかみさんが、病院費はおろかあすの生活に事欠いて茫然としているなどもよくあることでねえ。つい情にひかれて私たちも少い財布から、見舞を置いて来ちまうようなねえ。」

救急隊員へ私はお礼を云う。私が見ていた限りでは、急な変事に動転して誰も隊員にありがとうを云わなかった。悪気じゃない、忘れているのだ。云われなくても何とも思わない修練があるようだ。でもそこにもし女が一人でもいるなら誰でもいい、ありがとうと代って云う心がけを持とう。走るかけはしに感謝をし、その健康を祈ろう。

並んで坐る

彼岸ちかくよく晴れた午後、多摩少年院へ行く。日ざしは強く、まだどこもかしこも青いのだけれど、その青さがもう夏のそれではない。前を行くトラックの掻き立てる土埃にさえ、軽くない秋の気がある。横に這う多摩の丘はひっそりと静かだった。

少年院は低い丘を切りひらいて、その上に建てられている。並木に導かれてゆるい傾斜をのぼる。右手の畑地（はたち）に作業中の数人があって、耕された土はみずみずしく黒く、やや離れたところに花の色がかたまって見えた。何の花か、花はただつうと色に流れて見えただけで、土の黒さが眼にしみた。

三万坪だという。くっつきあって住む町住いにならされているものには、三万坪がこの施設にとって十分なのか、それとも狭すぎるのか見当がつかないが、見たところはゆったりとしている。収容人員は毎日多少の出入りがあるから一定してはいないけれど、現在は約三百二十人、――一人百坪ほどに当る土地だから、まずはこせこせしない呼吸ができることとおもう。建物は廊下でつなぐ七ツの寮と講堂と教室、それぞれの職業補導場、――竹細工室・板金加工室・印刷室・洋裁室・木工室・図書室・炊事室・医務室など。別に離れて谷へだらだらと降りたところに養豚養鶏場と綿打作業場とがある。そのまたむこうは小高く丘に盛りあがっていて、点々と人家が見える。明るい見晴しに立ってそれとなく、地境はどうなっているのですか？　と問う。谷のほうは茂みに隠れて見えないけれど川が流れて、それが自然の地境になっているという。塀とか柵とかいう、高くいかめしい観念に相当するものは、見通したかぎりでは見あたらない。囲いといった感じが見あたらないのは三万坪という広さのせいか。それとも周囲すべては、地形を利用した自然の塀なのか。あるいは特定の固めを感じさせないように配慮されているのか。敷地の境を見てまわって確かめたわけではないけれど、入口からしてごく簡単で低い門柱だけの構えである。

私たちが時おり気づまりなお宅を訪問するときなどに、その塀外でちょっと改まった境の感じを受けるものだが、ここにそれがないのはありがたい。塀は護りでもあると同時に、不自由とか遮断とかでもある。とは云え、ここに来ている少年たちは、いずれは何等かの「問われねばならぬ事柄、してはいけない事柄」をおかしてしまった人である。その境を越えたことが、またここにこうした境のうちに身を置くことになっているのである。形のある境界と眼に見えないものの境とをどんなふうに考えているか、と思いやる。

全国に少年院は六十余ヵ所。少年院には種類があって、初等・中等・特別・医療とわかれているが、ここは中等Aの部であるから、年齢にして十六歳から二十歳、心身にいちじるしい障害なく、改善の比較的容易と見なされる人が対象である。それだから大体は一年、早ければ八ヵ月で退院するものもあるという。きょうはこの少年たちの生活を聴くためではなくて、この少年たちに接している先生の側から話を聴くために来たのである。先生はそれぞれの作業の教官でもあり、また一般教養の補導もするし、また寮生活の監督保護も、要するにいつも何でもをする役らしく察せられた。なぜなら、一日じゅうのあらゆる何にでも心を配り気を働かせていなければならない人であるからだ。作業実地を教えればそれで用が済む、あとは自分だけの好きな時間だということにはならないのである。諺にも云うが、何かをもくろむ人にはもくろむこと以外の時間は、昼寝も宵っぱりも好きにできる。けれど禦ぐほうへまわる身は、いつどこに何をきっかけに何事が起きるかきめられない弱さがあって、いつも何にも緊張していなければならないのだ。絶えざる緊張と注意の持続を要求されているのがここの先生である。各寮に各先生は、部屋こそ少年たちと違うが、泊りこみだから（外から通勤の先生もあるが）、文字通り日夜四六時中いっしょの生活である。二十四時間学校と呼ばれるゆえんである。三百二十名の少年に教官の五十名を含めて職員は五十七名である。普通学校に較べて平均受持人員の少さは、よほどゆったりしたことのように思われるが、逆に考えれば、その勤務がおよそどんな心身の緊張に於て行われているかが推察される。屋外の作業補導を受持つ先生が云う。

「みんなといっしょに外へ出て作業をしていますね、外見上はどの少年も一様にしごとに精出してやっているのです。けれどもしごとの性質から云って、誰もが並んで同じことをするわけには行きません。立つものも歩くものもしゃがむものも、これはしかたがありませんし、当然そうしなければ作業はできません。けれどもこちらとしては、作業そのものを覚えてもらうほかに、その立ったり居たりのちらちらすることへも、注意を怠ってはいられないのです。ひょっとしたことで不意に作業から気が離れ、どんな事態を生じるかわからない。そういう例はたくさんあります。意外のことが起きないために常に備えているわけですが、戸外はいなくなってしまうのに都合がいいんで、こちらは神経が疲れます。

しかも、こちらの気をつけていることがわかってはまずいのです。あちらだって、いつも監視されていると感じてはやりきれないだろうと思います。その不愉快さはやがてすぐ距離になって現われます。私たちを拒絶するのです。反抗するのです。せっかく長い辛抱してきてやっといくらか気がやわらいでくれ、愛情も通じあうようになった矢先だといっても、ひょっと監視されているというふうに思われたら最後、たちまち冷たい距離を持たれてしまうのです。でもそれも責められないことだと思うのです。自分の身にして考えてみれば、不愉快は無理ではないと思います。ですから一ト口に云えば、他人に感づかれるような注意のしかたじゃ役に立たない、ということでしょうか。」

つまり形の上に現わさない、心眼でする注意を絶やさず、いま作業させている組の頭数というものを、意識・無意識の境でいつも気をつけているのである。これに較べれば、大っぴらでしごとに専念していられるなどは楽なことだ。又たとえば、休みの時間に誰かがこれという用もなく話しかけている。用のない話というものも少年には必要だ。心のやわらぎでもあり、親しさでもある。聴いてやるゆとりを持たなくてはならぬ。だが、それには一方に大きな警戒も忘れられないのだ。あるいはその一人が巧みに先生を固定させておく役目で、あとのものはその隙に何か先生に知られたくないことをしているかもしれないのである。そこなのだ、むずかしさは。疑ってはいけないが、万全を期さなくては勤務は全しと云えない。その時どうする？　そのしゃべりかける子の気持はそこなわず、うまく座を起って無事を確認しなくてはならない。しかも、その疑いを確かめに来たことが対手(あいて)に知れてはまずいのだ。機智がいる。所詮は場数を踏まなくては会得しにくいだろう。それに敏感な洞察力も動員されなければできないしごとだ。真と偽と虚と実とのかねあいを捌くのは苦しい。気骨の折れることである。こういうのは修練によるほかないと思う。さりげなく、というのでは違うだろう。それは注意の心を持ちながら、注意でないようにもてなすことである。そんなのは敏感な少年たちはすぐ見破るだろう。さりげなくではなく、本心注意するとしないのすれすれの稜線に立つ心構えも会得するのかと察しる。

ここへ来るまでに少年たちは、鑑別所で過去や家庭環境・学歴・智能・性向・疾病など一ト通りの調査を済ませ、選別されて送られて来る。ここの少年たちは智能など悪くないし、崩れてはいてもある程度の教養は持っている。

「教えるわけではないけれど、私たちに対してはそう乱暴なことばづかいはしませんね。気楽なときは別ですが、改まれば結構敬語もうまく遣(つか)います。こちらからは＊＊君という呼びかたをし、あちらは先生と呼んでくれますが――」ちょっと気分が荒れれば、以前毎日遣いなれていたふてくされことばを忘れているわけではないらしい。

行儀はこれは一定の規律があろう。先生に行きかえば会釈するし、作業場へ案内されて私が入口でお辞儀をすれば、ある少年ははにかみつつ、あるものはことさら悠然と迷惑げに、でもみんなちゃんと腰をこごめて挨拶を返した。ここで眼を見あわせて、挨拶をそらしたものは一人もいなかったのは、気持のいいことだった。ただし、こちらも無言、あちらも無言だった。作業中だからである。女学校参観などの場合、入口で挨拶すると大概はきまって、はいって来た人への品定めだろうか、囁きが交される。ここはそれがない。唇も動かさないし、眼まぜもしない。だが、少年たちがたがいにすすっと通じる、いわば気流のようなものがあることを感じる。ことばも眼も必要としないで通じるものである。なるほどと思う。この通じかたの迅速さ鋭敏さがあっては、補導の任にあるものは難儀だ。何かがみんなに共通に通じたということはわかっても、その通じたものが何かという内容まではこちらにはわからない。あちらは多数でわかりあっていて、こちらは独りわからないとしたら、そしてそれがもしよくない状態と予想されるときはどんなに不気味か、たまるまいと思う。少年とは云え血気さかんな、みんないいからだをしている。

「先生がた、やられちゃったということがおありですか。」

「は？」

「ずばりと云えば、なぐられちゃったとか。」

「ああ、そりゃね、ときどきあるんですよ。私もいきなりやられましてね、五人でしたかね、そりゃもう……」

「そりゃもうって、どうなさったんですか。なぐりあいになったんですか。」

「いえいえ。もう、どうもこうもないんです。狭い廊下ですし、どうにもなりはしない、めちゃくちゃにやられちまって、あちこち骨折はするし、打撲傷はもちろんだし、あははは。」

「だって、またなぜなんです。何のためにそんなことを？」

「いえね、そこははいって来たばかりの少年たちを入れる寮でしてね、――」

坂道の並木をあがって、はじめてここの玄関へはいって来る少年たちは、一見して「ああ！」という歎きの出る、暗い顔つき表情だという。何事かをしでかし、捕えられ調べられて、幾日かを不安定に過したのち送られて来るのだから、明るいもののありようわけはなく、顔の暗さはすなわち心の闇と云える。もだもだと悶えるもののうち、いちばん直接に彼等を不穏にするものは、ここにいるようにときめられたことだろう。いっさいの縛られがいやなのだ。外へ出たい、のがれたい、自由に勝手にしたい、あせりなのだ。

「はじめの二ヵ月というものはいけませんね、おちつきません。それでそんな暴力を振うのでしょう。先生は寮の鍵を持っていますからね、奪って逃走しようと企てるのです。」

「そんなになぐられて、逃げられて、どんなお気持なさいます?」

「どんなこんなと云うひまないんです。すぐその脱走の跡を始末しなくてはなりませんもの。警察へ電話するやら、それぞれへ報告するやら、自分もすぐ捜しに出かけますしね。そのときにはもう、ただひたすら、早く帰って来てもらいたい、外にいるあいだにもうこの上、何かの事件を重ねないでもらいたいと、ただもうそう思いますねえ。とにかく早く顔が見たい、とそれだけのことになるんですね。」

「私たちは少年がここへはいって来た初対面のときから、何を用意しはじめるかということ、退院するときの準備をはじめてるんです。帰る場処、受入れの環境、就職さきといった用意を考えはじめるのです。よりよい退院を考えているところへそんな事件が発生すると、云うに云えない沈んだ気持になりますね」とその係の人が云う。何かそういう経験もあるのだろうか、話しているうちにことばが沈む。暗澹たる思いとはそんなときの気持と察した。

六割はそうした係さんの手で退院後の身のふりかたは納まるそうだけれど、帰るに適当な場処のない少年が一割はいるという。せっかく明るく励みたいという気が出ても、帰るに場処のない寂しさを知れば挫けはすまいかと、私でさえ案じる。まして手がけた少年にそんな思いはさせたくなくて、退院の係さんが苦心するのはわかる。

「少年はいって来たとき、当分はおちつきません。出たとき当分もおちつけないらしいです。経験から云うと、出たすぐの職場はパン屋さんがいいですね。パンの仕込みは夜なかの二時三時で、それからずっと焼きあげで忙しい。つまり夜という妖しい時間に遊んでいるひまがない。そして昼は睡らなくてはからだがもたない。雑念の生じるひまがない時間割になってますから、退院したてのおちつくまでにはいい商売らしいです。パン屋さんへ勤めてると大抵うまく行くようです。」——パンのみにて生くるにあらずと云うけれど、パンはまた揺ぎやすいときの支柱である。

見るかぎりに塀はなくとも、建物には鍵、鍵である。「鍵の神経衰弱になるときがありますよ。きちんとしても、ふと、しなかったかな？　と思い惑うのです。不安になったが最後、あと戻りして確かめるよりほかしようがありません。ときには自宅の玄関に立って、無意識に院の鍵を取り出してあけようとしていることなどあって苦笑します。」

はいって来たばかりの少年はその鍵をよく呑みこめない。先生が部屋の鍵を外し、扉をあける。彼は先生が先へはいるものと疑わず、そこに立ったままでいる。常識である。それが通用しないことを知らないのだ。のんきに先生が先へはいってしまえば、彼にもし悪意があったら、それなりくるりと後を向いて逃げてしまえもするし、後から襲いかかることもできるのだ。ここでは先生があとからはいるのが常識であるらしい。胸をうつ常識の相違であり、先生に入口の先を譲ってあとに行こうとする初々しい少年を思うとき、かなしさはこみあげる。おそらく手ごわい少年も数々扱って来られたろう先生がたにすれば、道を譲る少年を私よりまたなお、いとしく思うだろう。

先生のなかには、親子二代にわたってここに教えている人もある。洋裁を受持つかただが、先代もその道で少年の導きを援け、当代もこの道で少年とつきあっていられる。

「少年たちは自発的に好んで課目をきめるのですか。」

「いや。進んでしようというものは稀ですね。ほとんどは働くのが好きじゃありません。」

——もっともだと思う。誰でも働くのより遊んで楽なのがいい気持はある。

「ですから、理論だの学習よりさきに、まず縫わせます。好きかと訊けば好かないと答えるものも、こちらから与えればなんとかこなして行くのです。ミシンが踏めればどこでも、たとえ一時凌ぎにでも生活のめどはもてるんだからと、こちらもそう思って教えこむんです。そのうち頭のいい子は裁断でも何でもします。退院してよそへ就職した子が、休日なんかにふらりと来て、パンツ縫うんだと云って、先生ミシン貸してくださいというんです。買うのの半分でできますからね。そんなとき嬉しいですよ。」

ほんとうに手放しで嬉しそうに話す先生だ。この先生は院内に住まず、町なかに家庭を持っているので、退院後また困った状態になった少年が頼って行きいいらしく、何かと問題は多くふりかかるらしい。なかにはとんだ間違いから逆に警察に疑われ、麻楽を隠していはしないかと家のまわりをポリさんに囲まれる始末、御近処一同のびっくりした顔々のなかに、家捜しのはじまるていたらくもあったという。若いものがいつも出入りし、むちゃくちゃを云うものも出て来るし、そこへ親子二代にわたる少年たちへの愛情もあるとなると、こうした複雑な思いがけない事柄も湧きだすのであろう。

「つくづく思うのは、人一人にはめいめいいろんな関係がひっかかっているものだ、ということですね。」――そうなのだ。長く生きて七十年が相場の人の生命だ。どう踏んばっても何人の生涯とつきあえるものでもないが、さてその一人一人には日に月にいろんな変転がある。

「お心に残るこれ、といった話を聴かせてくださいませんか。」

「そうですね。思いだせば果てしもなく、いくつもいくつも浮いて来るけれど、特にこれ、一ツというようには今はもう思わなくなっています。どれもみな同しに思いだすし、また忘れて毎日を暮していますね。」――そう云われると頭がさがって愚問が恥かしい。

若い先生も云う。「苦しかったとか、苦心とかいうような記憶はあまり残らなくて、後悔にかえって記憶がありますね。」裁縫の先生はぽつんとこんな話をしてくださった。

「北海道の子でしたがね。退院してから訪ねて来て、映画が見たいというので一緒に見て、その帰り途に道ばたで休んだのですが、急にその子が、——空ってこんなもんだったのか、星はまたなんてきれいなんだ、とまるで初めて空を見るようなことを云うんです。あの子はそのとき、ほんとに初めて空を見たんですなあ。十八歳でした。空を知らなかった十八年なんですなあ！」

その子にも感深いものがあったろうが、いま語る先生にも生々として残る感慨があり、聴く私にも溢れそうなものがある。

「私は花つくりを教えてますが、花つくりが咄嗟の生活を支える役に立つことは、たぶん少いと思います。だが、情操教育には役立っていると思うのですが、……少年たちが職業補導選定のとき園芸部を選ぶ理由の大半は、院外へ花を売りに出られることが嬉しいからです。そのうち育てている花のなかで、自分の気に入った一ト鉢をこしらえます。大切に面倒みるし、売ってはいかんと云うのです。そして大抵は退院するとき、これを貰って行きたいと云うのです。穏かな愛情の記念でしょうか。」——少年と花のとりあわせは好もしい。

ここにある愛情は、濃厚で強烈ではいけないのだと思う。淡々として静かに流れつづける愛こそが必要なのらしい。埋み火のように、燃えない火が必要なのだ。霞のようにありとしもなく包む色無きまごころが要求されているのだ。

「私たちは少年に対いあっているのではないのです。並んで腰をおろしているのです。これはむずかしい。でもそう心がけているんです」と云う。

「退院してのちに、訪ねて来てくれたら嬉しいでしょうね。」

「ええ、そりゃぁね。でも、そこなんです。いくら嬉しくても、前後をよく考えなくてはいけないんです。心は嬉しくても交際はこちらからは控えめにします。りっぱにやってってくれるんですから、私たちは彼の周囲に気をつかいます。懐しさに溢れた手紙など貰うと、こちらもそれに応えたい気がしきりにしますが、よくよく考えて返事を書きます。万一誰に見られても障りのないように書くのです。寮住いのときにはこちらの住所さえ、なんとしようかと迷います。」

「さみしいんですね。」

「ええ。……しかし、それでいいと思います。」──いいと云っても寂しい会話だった。

でも、皆さんがひょっと気を換えた。「あのね、少年たちはおしゃれなんですよ。寮にはアイロンなんてないのですが、朝、朝礼に集って来るときには、ぴんと筋の立ったずぼんに皺のないシャツを著て出て来ます。友達に布の四角を引張らせておいて、歯ブラシの柄でぎゅぎゅぎゅぎゅとこすって、アイロンをかけたように伸しちまうんです。作業衣のずぼんなんかいやな恰好だっていうんで、いつの間にかてんでに縫いつめて、マンボスタイルにしたて直しちまうし、器用なものです。それにポマードがなければないで、よく思いつくものですねえ、バタを髪の毛へ塗っちまって、すっきりと櫛の目を立ててるんですからねえ、負けますよ。思いやれるじゃありませんか、心のなかが！」

入院してしばらく、ややおちついて来ると、表情が明るくなるという。生活の規律がはじまり、不安を逃れるからだ。「あんなに変るものかと思います。」

そう、表情を変えるのがここのしごとと云える。私も先生がたが最後のはなむけのように、おしゃれ話をしてくださったのに元気づけられて、さっき上って来た並木の道を降りる。云おうようなく秋の夕ぐれで、清涼の気があった。そして並木が並んで立っていた。一本一本、ひとりひとり独立して根を張り葉をつけ、しかもみんなして並んで、侵しあわぬ美しい景色を整えていた。

橋

楽器の名のついている湖、——琵琶湖。この湖の八ツの勝れた景色はあまりにも有名だが、その一ツ、瀬田の唐橋へ行く。瀬田とは湖の水の落ち口附近の地名であり、そのあたりを流れているとき川の名も瀬田川だけれど、やがて中ほどでは宇治川と呼ばれ、下流では淀川となる。唐橋または長橋は、湖からすぐ近くのところにかけられた木橋である。欄干に擬宝珠をつけた昔ながらの橋の姿は、現在の眼で眺めても美しいと感じるものである。ただその美しさをじいっと眺めていれば、ひとりでに浮んでくるものは、どうしても二本足の速度である。ひだり、みぎ、ひだり、みぎと二本の足を交互に運んで歩く、悠長なスピードしか浮んで来ないのである。橋の姿がそれしか思い起させないらしい。昔むかし道は二本足で歩いて行くよりほかなかったのだから、その時代にできたものは、いずれそのスピードを基礎にして考えた姿に造られているのである。だからいま時速六十キロ七十キロのかみなり族、百キロを超すこだま号を知っている眼も、この橋およびこの橋の上に、二本足で歩く速度しか思い浮べられないのは当然だろう。時代というのは、そんなふうな証拠立てを残しているものだと思う。

　この木橋より、またもう少し湖に近く、新しく、白く、頑丈ないまの橋がかかっている。去年とかおととしとかできた橋だそうだが、鉄の骨とコンクリートで固めた堅い橋である。あまり近ぢかと二本の橋が対照おもしろく並んでいるので、見る眼がちょっとまごつく。新しい橋は一ト眼に「重量とスピードに耐える」と感じる。だがもしこの橋を、駒下駄または草鞋で歩いたらどうだろう。踵に堅い橋の抵抗はいちじるしいと思う。どうしてもこの上には、足で歩くよりずっと早いくるまを思うのであり、人間の体重よりぐっと重いものの通過を考えさせられるのである。古い瀬田の橋はいわば足の橋であり、これはつまりくるまの橋である。木と踵は庇いあい、コンクリートはタイヤのゴムと合性なのだ。

新旧二本の橋でもおもしろい眺めのところへ、さらにもう一ツ新しい橋がかかろうとしている。ちょうど古い木橋を中に挟んだかたちで、もうちょっと川下へ、名神高速度道路――名古屋・神戸をつなぐ――を通じる橋がかかるのである。この橋の工事は現在、橋脚の建設が行われているのだが、できあがった暁には、琵琶湖は、瀬田川の落ち口近くにごちゃごちゃとかためて、三本の橋を持つことになる。三段構えの、橋にぎやかな風景とでもいうのだろうか。これは高速度道路の橋だから、云うまでもなくいちばんがっちりした橋ができあがるのだろうけれど、どんな姿に造られるか、三本並ぶとなれば興味が湧くことである。

橋の脚は、しばしば小耳に挟んで聞く「潜函法」による工事をもって行われている。私たちはそれを見学させてもらうのである。潜函法とは一ト口に言えば、巨大なコンクリートの函を水中に沈めて建造物の基礎とし、工事を進めるやりかたのことである。最初にこの方法を用いたのは関東大震災のあとに、隅田川に架けた永代橋・清洲橋の工事からだというから、戦後の新しいことではなく、もう三十年になる。橋脚ばかりではなく、あらゆる地下構築物に応用されてきた方法である。地下工事・水中工事では何が悩みの種かと云えば、水なのだ。希望の場処に予定通りの工事が進まないのは、多くは水に妨害されるからだ。それで、水に侵されるのを防ぎつつ仕事を捗らせて行きたいというところから、頑丈なコンクリートの函を川底に伏せ、その函のなかで作業をすることを思いついたのだろう。だが、ただ函を沈めるだけでは、函のなかへ水がはいって来てしまうから作業はできない。そこで陸上からパイプを通して函のなかへ空気を送り、侵入しようとする水を食いとめるのである。

函のなかに働く潜函夫さんたちは、この現場では一ト組十九人、内十五人が函内で作業する。川底を掘って掘って、また掘って掘り進むのだ。それにしたがって函は自分の重量で自然に沈みこむ。云いかえてみれば、橋脚になるべき非常に重く大きいコンクリートの函を、昼夜三交替十五人ずつの潜函夫さんたちのシャベルの力だけで川底深く据えつけて行く、――ということになる。

川幅はそんなに広くないが、水量はかなり多くて流れも早い。脚は陸上に二本、河川のなかに三本。いま取りかかっているのは川のまんなかの一本。すでにできあがっているのもあり、できあがってもまだ足場をかけたままなのもあり、仮桟橋やら起重機やらその操作室やら排出土砂の運搬船やらで、工事場は雑然としているが、それらをしんと静まらせているものは、縫って流れる川の水であり、近く遠くめぐらす柔かい山襞である。地上の工事場には見られない打静まったたたずまいがある。そよぐのは下枯れはじめている川蘆、揺れるのは赤く熟れたからす瓜、夕ばえの空を鳶が飛んで雲は白く、川からは深い秋を吹きあげる。この何気ない静寂のなかに工事が進んでいる、と思えば不思議な気がする。それほど寂然とした瀬田の橋である。――掘るというのは何なのだろうか。穴をあけて毀すことだろうか。それとも植えることだろうか。捜す気持もあるし、引き出すといった意味も持つし、だがここでは、深く掘ることはすなわち強く建てることなのだ。こちらの岸から川なかの作業場を見ていると、交替で川底へ降りようとしている潜函夫さんたちが見える。作業衣だけの身軽ないでたちである。酒は無論だが、煙草も函内作業の中では禁じられている。地上から絶えず新しい空気は送られてくるものの、十五人が共有する空気の量は、函のなかだけのものでしかない。空気の分量を限られている作業場だ。喫煙厳禁は他の職場にだってめずらしくはないが、空気に限りのある場処での作業ゆえと聞けば、いまさらながら水の圧迫を思わせられて無気味である。

潜函病はここでは常のことらしい。水中の気圧の高いところから急に普通の気圧のところへ出て来たとき起きる病気である。軽い症状はからだのあちこちがやたらと痒くなるそうだが、重いのは筋肉や関節に激痛を起し、手足は麻痺して自由を欠いてしまうらしい。よほど痛いものらしく、大の男がぽろぽろ涙をこぼすという。ほっておけば不随になってしまう。おそろしい職業病の一ツである。これを治すには「鉄の肺」に入るよりないらしい。鋼鉄の筒のなかにベッドを設け、密閉し、外から空気を入れて気圧をあげ、十時間ほどをかけて段々にゆっくりと、平常気圧にまでさげてくるとけろりと治るのだそうだ。注射とかマッサージの類の処置をするのではなく、気圧の調整でなおすもののようである。たとえば潜函内の気圧が三十で出た患者なら、鉄の肺では三十三と約一割増しくらいな気圧にあげておいてから、徐々にさげるとうまく行くらしい。なにか、古い言いならわしの、毒を以て毒を制すということばが思いだされ、血清ということも思いあわせるのだった。気圧で生じた病気なら気圧で治るのである。潜函内の空気状態はこの工事全体のなかで、もっとも大切なことであり、敏感を要することこの上ないものである。工事も昼夜兼行の休みなき作業だが、送気係も無休で計器の針と睨めっこをしている。だがやはり罹病する人は少くない。一日一人くらいは出るという。だから備えつけの鉄の肺はいつも大概活躍していることになる。これがあるからいいようなものの、むかしはそのまま不随な身体になってしまったのだろう。けれども職場の人は元気がいい。そんなことをこわがっていちゃ橋なんかできるもんか、といった様子が溢れている。

「そうね。あれはまあ、あんまりいい病気じゃないね。でもさ、おかしいものなんだよ。パチンコなんか夢中になってやったあとは、ちゃんと親指からやられはじめるんだからね。鏡に写したように、ゆうべやったことが、きょうの函内でわかっちまうんだ。親指やられれば、あいつゆうべパチンコだと知れちまうんだ。つまり、こっちのからだに疲労を残していてはまずいということなんだ。性病に罹ってるものなんか覿面さ！　とにかく、完全に健康でなければだめだね。どこか弱いところがあっちゃもういけない。パチンコで親指つかいすぎたというだけでも、もうはっきりしちまうんだからねえ。だからあまり身持の悪い人間はここにはいないんだ。」

あははと笑うのである。

今夜パチンコのチン・ヂャラヂャラがあす、潜函病の激痛で涙ぽろぽろとはおかしいけれど、そのあまりのきびしさに何とも云えない寂しい気がした。こちらの岸からあちらの岸へ人を渡す橋というものは、こうして造られる。むかしの人柱の話は嘘かほんとか知らないが、いまも云い伝えに誰も知っているとおもう。いまこの進歩した世の中に、そんなことはただの語りぐさでしかないが、パチンコをしてもあすの親指に差障るきびしい作業には、ふと人柱の影が胸をよぎるのである。こんな苦労を橋は強いるのだし、人はそれを凌いで橋を造ってしまう。橋とは人の労苦の上、忍耐の上を渡すものなのか。

そんな思いを耐えて造る橋なのに、人々は至極あっさりしていて、ほとんど執著というものを持たないかに見える。高速度道路は、いくつかの大建設会社が部分々々に分けて担当するしくみになっているらしいが、この橋もその一ツで、名を云えば誰でも知っている有名な組が受持っている。でも橋脚だけの担当である。橋の床は別の組がするのだそうで、しろうとにはちょっとわけのわからぬ分業だが、仕事の性質がそのように別なのだという。だから橋脚の受持であるこの人たちは、脚さえできあがれば、たとえ橋としては半出来のままだが自分たちの仕事としては完成なのだから、さっさと次の仕事に向ってここを引揚げて行くことになる。苦労して橋の脚を建てはするが、橋の完成は見ないで行ってしまうのだ。橋が完成したときはどこに行って、どんな他の仕事をしているか、それはわからぬ。

「九州にいるか北海道の果か、仕事次第でどこといってきまっちゃいない。どこだっていいのだ。だからこの橋が完成して、渡りぞめだお祝いだって云っても、その当日招ばれるでなし招ばれようとも思っちゃいないし、新聞で知るとか噂で聞くとか、まあそんなとこで思いだすだけです。でもね、どうかした廻り合せで、五六年もしてからひょっとそこを通るときなどには、ああこれはおれがした仕事だと懐かしい気がしますよ。ただ、それだけですね。」

一ツ一ツの仕事にそんな、あとあとまでべたついた感情はないと云いきる。そう云われればなるほど、苦労とは他人が云ってくれることばであって、自分が大切がってひけらかすことではない。しかし、自分のした苦労にあっさりとできるのは、よほどの経験を積んだ結果だと思う。それから思えば私など執著の強い女である。ぼろ繕いの工夫一ツしてさえ、その苦心をいつまでも云っているのである。

「縁の下の力持というけど、橋の下の力持というわけですね。」

「そうですとも、その通りです。」

「寂しいお仕事だと思いますが、そうお思いになりませんか。」

「そう云えばそうですね。でももう、寂しいなんてこと、とうの昔に忘れてしまってますよ。一日一日が無事なようにと、それにばかり追われてますからね。……それにあたしたちの仕事の目あては、きょう造ってきょう・あしたの結果だけを云うんじゃなくて、二十年三十年さきの結果を目あてにしてる仕事なのです。寂しいとか懐かしいとか、ゆっくり思ってるひまがないんですね。手がけた橋が完成して、名士がおおぜい来て渡りぞめをしたなんてことを、遠い職場にいて聞いたりすれば、そりゃ一種の感情はありますね。でもそのときはニュースとして聞くのです。潜函の作業と完成のお祭り式典とは、ひとりでに別なもののように思ってますね。」

　さやさやと秋の風が蘆を吹く。夕ばえが明るい。雲は白いし水は流れることをやめないし、憂いはどこにもないのにしかも寂しい。など云えば恥しいと思うのに、やはり寂しい。何の寂しさだろう？　男というものは元気だ。そして強いものだ。そして、こういうあっさりした部分を持っている。そのあっさりが寂しさを醸すのだろう。りっぱな寂しさだと思った。二十年三十年さきを目あてにして仕事をするというけれど、ことさら威張ったり誇ったりするでもないのだ。寂しいものが漂うのはむしろ当然かもしれない。

　ここの飯場は、「よそと較べてなかなかいいほうなんですよ」と云う。なるほど飯場の建物につきものの、貧乏くささというか、ぞんざいさというか、そういったものがない。組立建築でさあっと造ってしまうというが、明るくきれいに窓が並んでいた。白斑と黒いのと、二匹のわん公が遊んでいる。

「ここは二月から始めた工事ですから、長いあいだには犬なんかも飼いたくなるんです。捨て犬を拾って育ててるんですね。」工事は十月終了の予定だったが、十一月いっぱいはかかりそうだという。

　仮桟橋で小魚を釣っている人がいる。釣れたのが見える。「なあに、まずいさかなですよ。ただ釣れると楽しいですからね。」

誰も寂しがってはいない。風来坊の私ひとりが秋風に誘われているというのだろうか。

予定にはなかったけれど、物にはついでということがある。橋の脚は見せてもらったが、橋だけできても道がつながらなくては、折角の橋も効果はあがらない。この橋につながる道は一体どういうことになっている？ 道はどうだ？ 道を見せてもらおう、という気になった。ちょうどいいつてを得て、瀬田からは近い山科へ行く。まだ仕上げはしてないが、土盛りをした高い道が新しく、ぐうっと延びている。無論まだ通行を許していない道だ。完成の上は平坦地の時速百二十キロで、上り二車台、下り二車台、その間に緑樹帯を置こうという構想のもとに設計された新道である。高速度という目的から、道はなるべくカーヴの少いようにと配慮されたらしく、堂々とのびやかに造られている。まだ未完成の粗い肌をさらしている道だが、これが将来はあの橋とつながると想像すると、はじめて嬉しさがあった。そうなのかもしれないと思う。道も橋も忍苦で造られるのだが、通じるときは嬉しさ喜ばしさで通じるのだ、と。粗い新しい道の肌を眺めやって感深いものがあった。どうしてこう、道や橋というのは、先祖や子孫や過去や将来といった遥かなもののことを考えさせるのだろうか。

道路公団の事務所へ寄る。ここは机上の事務ばかりをしているのでない。土質の研究をして若い人たちが働いている。一ト眼に若さの溢れているのがわかるほどに若い人たちだ。平均年齢が二十四歳とかいう。その若さをかけて泥だのコンクリだのアスファルトだのと取組んで、じみな実験をしている。この土地あの土地はめいめいどういう泥なのか、どんなふうにすれば道はうまくできるか、どんな舗装をすればより適当か、という実験調査である。日本の悪路は世界に有名だというが、なぜそうなのか。眼に見ることのできるコンクリ面より、見えない内部の泥の質が問題で、それに左右されるのだ。どんな泥かを知らなかったから、造っても造っても毀れる道だったのだ。毀れないようにしようと思えば、是非とも土の性質を調べる必要があり、その土を上手に使いこなさなくてはならない。そのために若い人たちは根気よく、採取して来た泥をこねたり、型に入れて固めたり、それをまた毀したりしてみて記録を取る。学問的にやっている泥んこ屋さんである。子供のとき誰でも一度は興味をもった筈の、どろんこ遊びを思うのである。幼い遊びにはあきるということはないが、泥と取組むとなれば青春には辛気くさかろう。だがこれは所詮、老人にはできないことかと思う。老人の粘り少くなった性格では、とてもやりぬけない仕事ではないか、と私も老人組の一人としてそう感じた。土なんか、そこいらじゅうにあるもので、あまりに身近に沢山あるゆえに、もはや意識の外になってしまっているものであるが、いざどんな泥こんな泥をおまえは知っているかと云われて、はっとすれば、たじたじとなるのである。土の威力というものを私たちはあんまり考えなさすぎた。気がつけば大きな拡がりをもつ土である。なぜ土のことへ気を向けないで過してきたか、むしろ不思議である。土とは大きなものである。じみな仕事は老人向きと一応は考えるのだが、老人には重すぎる泥んこ屋である。若い人たちが明るい顔つきで、熱心にこねたり毀したり、調合したりしていてくれれば、ありがたいのである。おべんちゃらではなく、頼もしかった。そして申しわけないように思った。もうこういう役には立てない年齢になっていると思うのだし、自分の若い日をふりむいて見て、あだに暮したという悔いが来たのである。

こんなふうにじっくりした仕事に精励している若い人を見ると、ほんとに「日本の立ち後れ」などなんでもないと思う。あんなふうにあっさり橋の脚だけ建てて、二十年三十年さきの手形を切っている壮年の男の人を見ると、ほんとに「後れは取りかえせる」と信じる。

——一年にわたって、それぞれの道に働く男のかたがたの頼もしさに触れてきたのは、なんとも嬉しい限りであったが、ことに連載を終るこの号にあたって、男の人に漂う寂しさに行き当ったのは、心にしみ入るものがあった。男自身はなんとも思ってはいまいが、女としてはこの寂しさに惹かれるし、又、よりよく理解しなくてはならないものかと思いつつ筆をおく。

とび職は、もし高いところから落ちることがあっても、決して、ただは落ちない、というのである。

話をしてくれたのは、その組の頭（かしら）、四十四、五歳。足場の上では、鋭い語気でものをいうこともあるが、平地ではおだやかな話ぶり。はげしい話を、柔和にはなす。ただは落ちないって、どういうことなのですかときけば、ぼろ屑のようになって、落ちてくるんじゃない、つまり、気を失って、死んだも同然になって、落ちてくるんじゃないということです、正気で、気力を失わずに落ちてくる、というわけですかな、という。

その事件は何年か前に、ある工事場で、昔ながらの丸太材で足場をかけていた時のこと。もうすでに七十メートルまで組みあがっていた。足場の上には、かなりな人数があがっていて、それぞれ何人かのグループに分かれ、各々受け持ち部分の仕事をしていた。高所で、重量のある長尺の丸太を操作するのだし、しかもその自分の身をささえているものは、いまさっき自分たちが組みあげてきて、いま自分が踏みしめている丸太一本だけ。

その七十メートルから、一人が墜落したのである。二十七歳とか、経験もだんだんに積み、技術も体力も盛りの職人さんだった。その人、落ちると同時に身を振って、地上から組みあげられている丸太材へ、次々と、千鳥掛けの、ジグザグに手を触れつつ、しかし止まることができずに、うっ、うっ、とうめきながら、落ちていったという。

横たわった彼が、口から出血しているのを見て、誰もが内臓からと思い、早く家族にとさわぐのを、唇の傷だけだから、とかすかに指さしてみせたそうで、むろん怪我はしたが、生命に別条はなかったのである。落ちた瞬間から、反射的に手足を振って、身の止め場をさがしつつ、どこかへ引っ掛かろう、引っ掛かろうとする気を、とびは誰もみな持っている。そうすれば、重さと速度が逃せるから、無い筈のいのちも取りとめて、怪我で済む、という。しかし、人一人の落下の勢いというものは、たとえ両手で丸太を摑んだにしても、それで食い止まるような、そんな生易しいものじゃない、ときかせてくれる。

それにしても、よくその際に、千鳥がけという冷静なことがと問えば、頭はにこにこして、とびはちゃんと目をあいてます、落ちていく間にも、仕事場はずっとはっきり見えていると、落ちたものはそういいます、と。

とびの心意気というのは、剛胆、男らしさ、いなせ、派手、とむかしからいわれている。いまはそれだけではなく、時代に洗われて、もっと実着な気風も加えられているとおもう。それはともかくとして、仕事については、なにをメドに置いているのか、教えをこうた。

意外な返事がかえってきた。きれいな仕事をするのを、生甲斐にしている、とためらわずいう。堅固で、整然としていて、そして外見がすきっと出来ているのを、きれいな仕事、いい仕事とし、心にかなうものが出来たときのうれしさは、他人には話しつくせない、という。

そこで、どうしても聞きたかった。毎日のその時その時、いつでも危険が伴っている仕事を、そんなに心身をすりへらして、精出してして、たとえいかほど会心の仕事ができたにせよ、それは所詮、足場であって、本体の建築物ができ上がった時は、足場は取り払われてしまうものなのである。淋しいと思わないだろうか、それでいいのか、とききたかったのである。

しかし、それをきくのは、ひどく不躾けで、ためらわれ、ためらいのあげく、逆に体当たりのような、もっとも無遠慮な形で切り出した。だが、頭はおだやかだった。

大工も左官も、屋根やも、仕事は残る。とびの仕事は残ったためしがない。割り切ってはいるが、どうかすると、そのあまりのむなしさに、やりきれなくなる時もある。でもそんなのは、気のたるみだから、乗り越えれば、かえって張りになる。消えて残らないからこそ、なおさらきれい仕事を生甲斐にしている、という。

折柄、西陽が斜めに照りつけていた。そこの工事は九分九厘すんで、堅固で、整然として、外見もきれいに仕上がっている。外側に張り渡した簾（す）には、たるみがなく、すきっとしていた。

張りのある余生をと、よくいう。老いては、自分から張りを持ち続けるのは、むずかしい。だから、こんないい話をきくと、途切れがちな老いの張りに、力がつく。ひと様にもらう張りである。それにしても、今になって思うのは、いかに縮む力が大切かということ。縮む力があればこそ、伸びもするし、張りもでき、張ったところには艶もつく。醜い皺は、伸びっ放しで、縮む力を失った皮膚に生じるものである。

当世床屋譚

――都築彦太郎氏の場合――

女が髪を結ってもらうところは美容院、男が髪を整える床屋さんには理容という字が使ってある。美容院は化粧品の匂いがむんむんしているが、床屋さんにはポマードの香料にまじって、かすかだがはっきり消毒剤の匂いが漂う。美と理が女と男のちがいを表現しているのかなどとおもいつつ都築（つづき）彦太郎さん（34）を訪う。

都築さんは若い。ひとめで「ははあ！」と肯かせるものを持っているひとだった。いま登り坂の人生にいるという人のみが持つ、特有のさわやかさと活気がある。ここ（東京都武蔵野市西窪）へ開業して五年。その五年のうちに三台だった椅子を五台にふやし、増改築をし、弟子七人の人員を揃え、自家用車をおくという、めざましく迅速な繁栄ぶりである。でも、早合点にうらやんではいけない。ただでそうなる筈はない。この裏にはやはり、ながい修業年月がある。

いったい人が職業を選ぶそもそものはじまりはどんなことで決まるものなのか。必ずしも志望どおりとは限らないようだ。都築さんも好きだったからというのではない。おじさんが東京の中心地で理容館をしていたので、まったくの縁故でそこへ行ったのだ。はじめから才能もあり自分も望みだというのではないから、それだけに努力は倍も必要だったろう。

もともと器用で才能のある人なら進歩が早いが、不器用でもじっくりじっくり考えながらやって行く努力型は強い、と話すことばは都築さんの修業態度を裏書きするものではあるまいか。髪を刈るということ自体が「おのれには快く、他人に対しては礼儀」なのであるから、それに従事する者は、客への応接も技術の点でも礼儀正しくなければいけない、というのが持論であり、技術と性格と共に質のいい理容師を養成するのが繁栄のもとであると同時に、次の代への贈りものでもあるという。

だから、ものごとをよりよくしたいという意欲から、いろんな配慮が払われているらしい。普通だとお弟子さんはただ一人分の労働力と冷く考えられているのだが、ここは店をしめたあとみんなが集って、その日の収入や経営の状態から、めいめいの仕事振りを検討する家庭的な温かさがある。月に何度かの技術的な講習も開かれるし、また、技術による商売の人は、とかくその道だけのせまさになり勝なので、ＹＭＣＡのいろんな部門へ入会させて、知識と交際をひろめるように心づかいがされている。

ひとは仕事と食事と住居がいっしょだと、ずいぶん親しい間柄になる。都築さんではお店の人は全部寄宿である。炊事は三食とも奥さん——圭子さん(31)の手でされる。親しくていいけれど家族とも十一人の炊事で奥さんは楽ではあるまい。「店の設備のほうを先にしましたが、このつぎは炊事場を合理化してくれるそうで——待ちどおしいです」と、後廻しにされた台所を奥さんはほほえむ。このひとは通信教授で理容学校の課程を習得したというのに、台所でだまっているのは美しい。三歳の坊や(哲夫)ちゃんが一人ある。「ははがよく面倒みてくれまして」というから、手をあけている者がいない一家だ。勤労が平和をかもしている。

「お仕事のメドになるのは?」ときくと言下に「定規と刃ものです」といわれた。櫛という定規をあてて、鋏という刃もので、定規からはみ出した不必要な毛を切りとるのが仕事である。もちろん理容である。頭蓋の大小、毛髪の性質、顔型の種類、眼鼻立ち、職業との関係と苦労は多いが、根本は定規と鋏をどう上手に扱うかに尽きるという。

そんな話をしていて、さて実際に都築さんは鏡の前に立ってくれる。「名工はその器をよくす」という言葉があるが、その道の人はみな道具を大切にする。櫛も鋏もなみなみでない心づかいがしてある。しかもそれを両手に構えたとき、都築さんの眼からは人なつこさなど消えて、ぴたりと何物にも動じない眼ざしになっていた。そしてその腰。よしんば急に突きとばしたって、大丈夫といったすきのない据わりかただった。――毎晩かならず全員にラジオ体操をさせる。からだは柔軟でなくてはいけない――と言っていたのを思う。登り坂を行く人には、特有のこまかな心づかいがある。

植える

去年の秋、新聞に、千葉県佐原の近くに、祟りがあるといい伝えられている欅(けやき)があって、それを今度、年寄の木樵(きこり)さんが伐ることになった、という記事がでていた。佐原といえばそう遠いところではない。行ってみた。私は木というものに心惹かれるたちであり、祟りのあるといわれる木には、きっとどこか容相のちがうところがあるのだろうから、一度はそういうものも見ておきたい、と思ったのである。それにもう一つには、無事平安をねがうはずの老いた木樵さんが、なぜそんな悪因縁くさい木にたずさわろうとするのか、そこにも少し気になる節があって、行ってみたのだった。

その木は、ある駅の、ちょうど列車のとまるホームの上に、枝をさし出していた。レールをはさんでの上り線には駅の建物、下り線側は木柵一重をさかいにすぐお宮さんの境内である。小駅だから、上下線とも屋根のない野天のホームである。問題の欅は下り線ホームの木柵すれすれに立って、枝を線路の上へひろげていた。ちょうど停車位置の上である。しかも駅付近はカーヴが多く、運転手は信号標識をたよりにして、神経をたててハンドルをとって来るのだが、その肝心の標識が、欅に葉の繁っている春から秋への期間は、全くみえなくなる。ホームの上に枝を張っているというくらいなら、それほどの害はないが、列車運転に障りが出ているのでは、これはどうしても伐らずには済まない。

これは今迄も毎年困ってきたことなのであり、時には助役さんが枝を払ったこともあるのだが、それから間もなくのある日、機関車から落ちて、落ちたのが運わるく信号機の上だったので、お尻に突き刺さったという。また若い駅員が枝を折り取ったときも、数日のうちに肩や腕に痛みが起きて、不自由な思いをしたとか、もっと以前にもそれに類した話がいろいろあるとか、そんなこんなが祟り話のもとらしかった。今度敢えて伐ることになった直接の動機は、県下の運転手の会が、事故防止の点から問題にしたからだそうな。

神社は天満宮の額があがっていたから、道真を祀っているのである。境内にはその欅よりもっとずっと古い欅、楢、椿、椎などが重なっていた。私は問題の木は、親からこぼれた、実生(みしょう)の子だと推察するのである。行ったときはもうすでに、作業が始まってから何日目とかで、小枝は払われており、散髪をした頭のようにからりとしていた。特別にねじけたとか、曲ったとかいう、一見して嫌悪を催すような、悪い容相は全く見られない、平凡な木振りである。

木にのっているのは、ほんとに年寄の木樵さんだった。ロープ伐りというか、天井伐りというか、ロープをかけておいて、木の頂きから少しずつ伐りおろす方法だった。いかにも老人らしく、からだの動きも緩慢だが、やはりどこか足のさばきは敏捷で、紺の脚絆がしまってみえた。

「お年寄なのに、そしてうわさのある木を、どうして引受ける気になったのですか。」

「どうってこともないけど、頼まれたから伐ってるのさ。」

「たたりがあるという話ですが、気になりませんか。」

「迷信だよ。あれは天神さまの木だもの。天神さまは学問の神様だろうに、学者というのは心の涼しいもんだというじゃないか。世間迷惑な木を伐ったって、なにが祟るものか。」

学者は心が涼しいという、その涼しいという言葉がこの場合ぴたりと利いていて、やられたという感じをうけた。おじいさんまことに文学的ないい方である。きいてみると、曰くのある木を何本も、手がけているらしい。一度ひとの嫌がる木をうまくこなすと、あとはそういう難物の依頼ばかりが、寄ってきてしまうものらしい。従って経験は増えるし、いよいよ難物係みたようになる。

「難物というのは、どういうような木です?」

「足場のわるいところに生えてる木。ウロがあったり質が固かったりで伐りにくい木。でもやはり一番むずかしいのは、木でなくて人間だね。祟るのなんのといいふれまくのは、人なんだからね。まあ、うわさのある木を伐るときは、安全が第一だね。あの木は特別伐りにくいものじゃないが、すぐそばに鳥居があって、それがもう古くなって五寸は傾いている。木を倒した響きで、もし鳥居も倒れようものなら、また迷信の騒ぎが大きくなるからねえ。そういう意味でむずかしいのさね。」

どうやら難木は人の心の中にこそ、というわけだが、そんなことよりおじいさんの心がいたむのは、難木であろうとなかろうと、現在生きて命のあるものを、伐って終らせてしまう辛さだという。

「だから、きりっぱなしにはしないよ。人知れずどこかへ、植え植え、伐りもしているんだけど、何年先にどんなに大きく育っても、人の邪魔にはならないようにと考えて植えてる」という。

植え植え、伐る――涼しいという形容のぴたりな木樵さんだとおもう。

出合いもの

そのへんにあるもの何でもを、みなおいしくこしらえてしまう老人がいた。ねぎ一本しかなければ、なおさらのことそれをうまくせずにはいないし、肉だ魚だとあれば、それもまたなおさらのことだといっておいしくつくる。

といってもその人は料理専門の人ではない。インテリで趣味が広く、ちょっとばかりおしゃれで、しかしごく普通の隠居さんなのであり、簡素な一人ぐらしをしている。子たちの世話にはならず、仕事は一人ぐらしに足るだけにとどめて、あとの時間は好きなように使い、浮世のこだわりの外に抜けて、気ままに余生を楽しんでいるといったふうだった。

気概があって「どこの国の人間も、みんな自国の料理には愛国心という味付けをして食べているんです。それが当然です。あたしもちゃんと日本人の一人ですから、さしみなり甘煮なり、ああうまいと思ったときには、日本及び日本人の誇りを意識しますな」などとふざけるのである。

出合いとか、出合いものとかいう言葉を私は、この人からおぼえさせてもらった。彼が好んでよくつかう言葉なのだった。好んで使うくらいだから、出合いという事柄を彼はこの世の中の大切なことだと考えており、いつもそこへ気をつけて見守っている様子だった。

たとえば料理のことでいえば「鰤の頭と大根を煮てごらんなさい。これがすばらしい出合いものなんですよ」という。

きいていると、鰤の頭は大根に出合って仕合わせ、大根も鰤に出合って仕合わせ、鰤と大根の出合いに出合った自分も仕合わせ、といった喜びがびいんと伝ってくる。そんないい方をした。

それは特別にいい言葉というのではないし、当時でさえもう古くさくきこえる言葉だったが、言葉はつかう人によるものである。一つ鍋にあってたがいに味を補いあう鰤と大根の間柄が、そのひとことでぴたりとわかるし、なにかほの温かい余情さえ感じられるのだが、そこまで使いこなすと平凡な言葉も独特になり、きくものを打つ力を発揮する。このインテリおじいさんが出合いものというと、興ふかく粋にきこえた。

その後この人は伊豆へ引越した。新鮮な野菜果物、わりに種類多くとれる魚、豊富なとりとたまご、それに温泉と温暖な気候とが揃っている土地は、老人にはきっとよき出合いだったろう。しかし私たちはもう以前のようにちょいちょい、彼に逢うおりはなくなって、自然に付合いは絶えてしまった。浅くつきあう出合いだったのね、と知人たちは彼の言葉をかりてなつかしがった。みんながその言葉をもらったのだと思う。

その頃私は出合いという事柄を、鰤と大根のように、いいなじみ合いという意味にばかり受取って、おもしろがっていた。あの彼とあの彼女はまったくいい出合い、このきものとこの帯は出合いもの、といったように思う思い方をしていた。けれども私がつかうとそれはどうしても滑稽で、そぐわなくて、薄っぺらでキザだった。他人の言葉はそうやすやすと、自分の口には乗ってこないものである。そのうち時折にしか思いださないようになった。

それをこの頃よく思いおこす。こちらも老いてきてやっと、彼がああ上手にあの言葉をこなしたわけが、多少とものみこめてきたと思うからである。出合いということは、ほんとは殆どうまくいかないものなのだ、としみじみ知ってきたこの頃である。二つのちがうものが行き当るむずかしさ。融合は稀であり、しっくりはいかない。大工が柱を組んで左官が壁を塗る。たがいに仕事の上の文句や駄目だしがつき、柱と壁土とは持ち合おうとするより、隙き合ってはなれたがる。

人と人、人と仕事、仕事と金銭、金銭と欲、欲と運などのよくない出合いをいくつか経験したり、見たりしてきて改めて思えば、鰤の頭と大根のようないい出合いは、殆ど少ないのだった。たまさかにしかないからこそ、出合いものといって彼は喜んだのであり、その喜びのかげには哀しみの裏打ちがあったと察しる——世の多くの、うまくいかない出合いを、彼はきっといたわり深く承知し、どうかどれもみなよき出合いであるようにと願う気持で、あの言葉を言っていたと私はいま思う。余情があると感じさせられたのは、彼の心柄からのひびきではあるまいか。いいものを見たとき、その裏にあるよくないものをいたわってやるだけの優しさがないと、あの言葉はうまく使えないような気がするのである。

秋は日一日と深くなる。実のもの根のもの、山のもの海のもの、みんなそろって日一日と味をふかくしてくる。さんまに塩が出合う、栗に砂糖が出合う、松たけに柚(ゆず)が出合う。鰤の頭と大根をなつかしく待っていて、いつか一度は彼のように「それがすばらしい出合いものなんですよ」などといってみたいのである。

いい男

　このところ桜島の機嫌がわるくて、しばしば大量の岩石や灰を噴きあげるので、地元はもとより対岸の鹿児島市も、大困りだとTVがうつしていた。さぞ毎日の生活に大きな支障だろうと察して案じる。先年私も一度ここの降灰に出逢ったことがあるが、その始末の容易でなさ。コークス殻の細粒とでもいおうか、固くて黒くてギザギザした石が、軽い灰にまじって降り、あたり一面に時雨のような音がたつ。人は傘をさしてしのぐが、冠りものなしの人は暫くのひまに、目鼻に黒い隈取りができて、面変りしたりする。しかもそれをうっかりこすりおとそうものなら、皮膚は傷ついてひりひりする。灰はなんともいえずうっとうしく、気のふさぐものだった。

　その灰の中にいい男さんがいた。所属や役職名はいまはっきり思いだせないが、火山関係の土木を担当する技師さんで、二人のお子さんを持つという年頃、いま働きざかりで仕事に打込んでいる人だった。しばしば起る噴出物による土石流をうまく海岸へまで送ってしまう誘導路を作ったり、砂防ダムの工事など、とにかくいつも噴火を意識してする仕事であり、出来れば一生ここにいて、この仕事を貫きたいという。でも、こうもいった。噴火の非常サイレンが鳴れば勿論私は持場へかけつける。家族のことをかまってはいられない。家内は非常袋をしょって、両手に子供を連れ避難する。結婚当時は家の中に舞い込む灰の始末にさえねをあげていた弱虫が、いまはこんなに強くなったが——そのたのもしさが哀れで、時折考えることもあります、と。仕事と家族、意欲と情感、火を噴く山のもとには、いい男さんがいると心に残っている。

ひっそりしたいい男さんもいた。初老の鉄道機関士さん。傾斜がきつくトンネルの多い路線に長年勤務してきて、さてもうひと踏ん張りという折に、それ迄石炭だった火力が電力運転にかわった。年配者更生のために会社の配慮で学習室ができ、成績によっては資格をとる道もひらかれた。新しく学ぶよりほかない。然し、髪に白いもののまじる年齢になって、なじみのない講義を習得するのは、どうにも苦痛だった。それを我慢できたのは、息子さんがいたこと。息子さんはまだ学生だが、やはり機関士志願であり、いつかそんな に遠くない日に、息子と共通の話題にくつろぎたい、というのがはげみの動力だったという。資格試験はパスした。

「操車場の隅には、古い機関車が置いてあります。勤務あけにそこを通る時にはつい、ご苦労さん、という気持になります。働きつくしての休みというのは、いいものです。私にもやがてそんな時がきますが、誰がご苦労さんといってくれるでしょうか。少なくとも家内ひとりだけはと思いますが、どうでしょう」と笑う。夏草の生い乱れる構内の一隅で、おだやかに話すいい男さんだった。もう二十余年も前のことだが、忘れないで浮かぶ。

ことしもいい男さんに出逢う仕合わせがあった。逢いに出掛けたのは、この社長さんに楠(くすのき)の話をきくためだった。この人は広い土地持ちで、そこへ楠を植えようと心組んだ。土地にはもともとからの林もあり、のちに加えた木々も沢山ある。植物が好きだという。どういうわけで特に楠が気に入ったのかわからないが、その時とにかく楠をと思ってしまったらしい。ところがここがおもしろい。苗木のひょろひょろしたのなんかじゃ気に添わない。大木をほしがった。大木があるという噂をきくと、どんどん行ってしまう。いい木だナと思うと、たちまち持主に直接交渉をして、譲渡してもらう。次は運搬移植ということになるが、何分にも大木だから、むやみに持っていくわけにはいかない。仕度をする時間がいる。根まわしをし、必要だけを残して枝葉を払い、様子を見、そして移植に適した季節を待つ。こうした待ち時間などには、至極ゆったり構えてあせらないらしい。

だが、パッパッ、サッサと片付けることも得手のようである。木の搬出に通せんぼになる住宅があった。人々は困っていたが社長さん、別に気負ったふうでもなく出かけて、さっさと話し合いをつけ、さあっとその家屋を取のき、木を運びだし、またさあっとばかり元通りの家を新築して返したという。私のような者は聞くだけでヒヤァと驚いてしまうが、男が一念かけて思いこんだら、欲得も常識もなんなく超える力をだしてみせるようである。こうして集めた楠の大木は、いまみな移植成功し、太い幹を並べているが、大枝小枝は苅り詰められているから、新芽の活動ははじまっているが、姿はトルソーである。楠本来のあの枝葉をひろげた、だいだいとした姿になるのはなお何年かかかるだろうが、たっぷりと大木の並ぶ風景は、どんなに美事かと想像できる。

社長さんが植物を好み、大切にするきっかけは何ですかときいた。生家は土地山林をもつ農家で、生れながら身辺には草木があってなれていたし、子供の頃にはすでにもう、どうしてやれば植物がいい生育をするか、見当もついていたし勘のようなものもあったという。ある時例の通り、なんの木だかやはり大木の移植作業をしているところへ社長は見廻りに来て「この木ノドが乾いているから、水のませてやれ」と命令した。庭師たちは水はたっぷりやってあるがと思いつつも、命令通りなお水をかけた。そこへまた社長がきて一喝した。「ノドが乾いているといってるのに、おまえらなぜ足にぶっかけてるのか。ノドというのは上のほうにあるものだ。上から水かけろ。」みんなハッとしたという。以来、高く伸びるスプリンクラーを工夫して、どんな高木でもノドから水をのませることができるそうだ。ノドの乾きを察知してくれる社長さんとは、なんといい男か。

男のひと

きょうこの頃の炎天である。町は乾ききっている。トラックが行く、タクシーが走る。その間をぬってオートバイがすっとかけぬける。白いシャツの背中が風を入れて、ぷうとふくらんでいるが、その腰へきりりと幅広のバンドをまいている。和服の女帯ほどの幅があるのだから、この暑さにあれはだてや酔狂ではない。うす着の夏ではあり、速度のある乗物へのプロテクターだろう。私はあの姿を美しいとおもう。身仕度を整えて働いている男は、たとえ埃だらけ汗だらけつぎはぎだらけでも、惚れさせる姿をもっている。

トラックの運転台からおりてきた人が、首や背筋に土埃をためて上半身は裸なのに、腰から下は長ズボンの裾をしぼって、深い編上靴などはいていたりすると私はうれしい。これなら刃物のような割栗石(わりぐりいし)の上も、やけつくレールの上も歩ける。どんな仕事をするのか知らないが、これだけの足ごしらえをしているのは、仕事への用意であろう。ということになると、汚ない上半身の裸も不作法とはならず、かえって一種の威勢のいい男と見受けられるのである。

働いている男ほど、男性の好もしさを発散させているものはない。

先頃ある用事で造船所の鋲打工さんに逢った。鉄板と鉄板をはぎ合せるために、穿ってある穴に熱した鋲をハンマーで打ち込む作業なのだ。これは三人一組の仕事で、鋲をやいて渡す人、うけ取って穴にさしこんでハンマーで打つ人、そのときハンマーの能率を助けるために、鉄板の裏側からあて板をあたえてやる人の三人組である。三者の意気と手順は、狂わせられないのである。それも新造船ならまだいい。修理船の作業となると、そこいらじゅうの重油で、ねとねとである。そこへ焼けた鋲をさしこめば、重油は溶けて特有の煙をあげる。皮膚の粘膜を刺げきする煙である。

でもそんなことをかまってはいられない。仕事なのである。汗と涙と水洟と重油のとばっちりと、しかも手拭をつかうひまもないのだ。

「見られたざまじゃない商売でさあ」というが、見られたって気にもしないその微笑なのである。

涙とはな汁では実際見るかげもない顔だろう。だが汚なさを超えてそこには誠実な強さがあり、強さは同時に美である。

言葉の揚足取りではないけれど、男らしさでなく「男だなあー」と思うとき、私は男が大好きだ。

素朴な山の男

もう四十年も前のこと、当時まだ十代の若ざかりの、ある夏の日です。小諸口から浅間登山をしました。

案内は土地の人で、山林に働く山男です。紺の脚絆、菅笠（すげがさ）、いでたち、腰に山刀といったいでたちです。

山の道は狭く、両側は三十年、四十年というから松の植林です。

九合目では、ゆっくり休みました。もう一息で山頂です。

快晴なので、火口の底まできっとよく見えるだろう、と言いあっていました。

そのとき山男さんが言いたくないことだけれど仕方がない、と話しだしました――火口と底との中間の青い岩棚に、今日も多分あの紅（あか）い色が、はっきり見えると思う。それは、恋に破れて投身自殺した女の人の裾よけの紅だ。私は、若い人たちにそういうものを見せるのが、なんだか気がひけてたまらない――。

みんな、無言で、山頂に立ちました。紅は、見えました。山男さんは、と伺うと、あえてそちらを見ぬ様子で、山刀の柄に手をおいて、遠くはるかを見やっていました。

恋の果ての無残さを、人にも見せたがらず、自分も目を向けない。素朴で、真摯な山男。

いい男の人だと、今も、深く印象に残っています。

男のせんたく

おんながしみじみと「ああ、男性だなあ！」という、好もしいような感じにさせられるのは、なにも断乎たる決意や、明晰な頭脳や、力こぶの盛りあがる腕や、そんな勢さかんなものばかりとは限らない。一人住みの独身の男性に、洗濯談義をさせて聞けば、たいていの女のひとが「ああ、男性だなあ！」と思うだろうと、私は察する。あるひとはげらげら笑ってきくだろうし、あるひとは可哀想にと同情しつつきくかもしれないし、またあるひとは洗濯における男性の能力などということを考えてしまうだろうが、いずれも笑ったり思ったりしたあとの心に残るものは、男性だなあ！　という想いではあるまいか。

「僕にも洗濯日というのがあります。でもそれは定期的に洗濯をするのではないんです。絶体絶命になったある一日が、洗濯日ということになります。つまり、この上はもう部屋中どこを探しても、着換える下着は一枚もない、という状態になったときが絶体絶命の日です」という。それが晴れた日曜の昼であろうと、雨の水曜の夜であろうと、彼は秘蔵のステレオにスイッチをいれおいてから、さて洗濯にとりかかるのである。ひとりものにはステレオはあるが、洗濯機はないらしい。

耳は快い芸術にかたむけ、眼はきれいな石鹼泡をみ、手はあわれなことに汚れ水でジャブジャブとやる。「なにしろ靴下にしても、あらん限りによごしてあるのですから、洗う段になれば大量です。大量だから洗い水もどろどろに汚れが出る。きたないんです。でもへんなもので、洗い水が汚なければ汚ないほど、僕は愉快になるんです。ざまをみやがれ、垢め、おとしてやったぞ！　という勝利感があって、ステレオにあわせて口笛なんかふくごきげんさがあります。」こんな話をきけば、その気持わかる、といいたい気がするじゃありませんか。

竹原さんは二人の男の子のお父さんで、いま男ざかり働きざかりの金もの屋さん。若いうちに生活の苦労はうんと味わっていて、だから商売も熱心だが、家事雑用も手まめにやってのけ、彼の奥さんは近所中の奥さん連中にうらやましがられ、その煽りをくらって近所中の亭主族は、めいめいの女房に文句をいわれた。たとえば配達のついでに夜のお菜を買ってきてしまうし、子供に行水をつかわせたあとで、いま脱がせた汗の服をたちまち洗ってしまうのである。男の掌には力があるから、ほんとにきれいな洗濯をした。

竹原さんの洗濯をみて、近くに住むはたちになるBGは「いやらしい」とそっぽむいた。だがもう一人の近所の女の子は「たぶん一生、洗濯の話がでる時には、竹原さんのこと思いだすだろうと思います」という。この女の子は、計り菓子屋さんの店員で、中学卒で上京就業してきたばかりで、まだ何事にもはなはだ不熟練だった。竹原さんはこのひとに丁寧に、洗濯の理論と実地を教えてやったのである。いやらしいと言ったBGにいわせれば、これもまたおせっかい以外なかろうが、私には男の洗濯もいいものだ、と映る。故郷をはなれて働く若い娘さんに、都会の苦労人がすすぎ仕事をおしえる——くっきりと白く乾いて、いい洗濯だとおもう。

ところで私も、洗濯はそんなに下手ではない、と思っている。だがもう、このごろは身にこたえるので、たいがいのものは洗濯屋さんにたのむ。なかでもぜひと頼むのは足袋である。やはり玄人さんに洗ってもらった足袋には、冴えがある。引きしまった白さがある。玄関を出て玄関に帰るまで、おとろえない白さが保たれる。多少、糊の強い足袋を、ぎゅうっと穿いて、新しい履物で歩きだすとき、思わず気取ってみたくなるほどうれしい。足袋はどうしても玄人さんに洗ってもらうに限る。男の洗濯は、決してわるいものではないのである。

男へ

どうして男の人の悪口なんぞがいえましょう。まだ子供のころ、男の子と口論の挙句、つかみあいの大立回りをし、遂にその子を押伏せて、ぎゅうぎゅういう目にあわせましたが、彼は着物のどろを払いつつ、にこにこし、まあいいやといいました。

それ以来、男というものはいいものだなあと思いしみ、鬼も十八の娘盛りはもちろん番茶も出がらしの卅代、四十ともなればあらすさまじの山姥や、いまははや三途の川にも程近く、そろそろ本性をあらわしかけてはおりますが、相変らず好もしきは男・男・男。その証拠には、ふと行きずりに見る禿頭ののんだくれ氏にも気をひかれ、汗のシャツに胸毛を隠さぬ筋骨隆々屋さんにも目を奪われ、香料におう美術的頭髪の糞掻き爪君にもうっとりする次第。わが命のあらん限り、こんなにも恋しく想うものを、といえば……どなたです？　悪口よりぞっとするというのは。まさか男のかたじゃないでしょうねえ。

「傾斜に伐る」取材時　静岡県千頭国有林にて
「婦人公論」昭和34年6月号

時代の息吹

著者に代わって読者へ

青木奈緒

この本が刊行される二〇二〇年、幸田文が他界して三十年が経ちます。私にとっては母方の祖母であり、これだけの歳月を経てなお新たなエッセイ集が編まれ、皆様にご覧頂けるということはこの上ない幸せです。祖母もどれほど喜ぶことでしょう。有り難く、御礼申し上げます。

エッセイ集のテーマは「男」です。

これまでの、いわゆる幸田文らしいエッセイ集と比べると、やや異色かもしれません。しかもこの本の中心となっている「婦人公論」での連載は一九五九（昭和三四）年に書かれました。今ならこの表現は選ばないだろう、という箇所も当然あるはずです。

かつて祖母は、私が生まれた六〇年代前半を自身の子ども時代と比べ、「新しい、良い時代になったね」と喜んでくれました。時の流れと共に失われたものも多くあったはずですが、新しい時代の息吹を感じて評価してくれたのです。

今を生きる良さは、過去を読むことで浮き彫りになるのではないかと思っています。

惚れる

解説

山本ふみこ

いい男、たくましい男なんてことを自然に頭のなかに描きながら、読書した。

思えばこういうのは久しぶりの感覚だったが、それについてはあとで綴ることとしたい。

さて、本書一番手のおとこは海の男、それからおすの鮭(しゃけ)である。

おすの鮭には驚く。男と云っておいて鮭なんて、やるなあ、さすがだなあ、という驚きだ。その上わたしは無類の鮭好きだ。いきなり……、ええと、ころがされてしまった。

東京から札幌・釧路・根室を経てノサップ岬へ。そこからタクシー、バスを乗り継いで北へと進み、知床半島の漁場、羅臼に向かう。作家はこの地で海の男とおすの鮭の生き様を知ってゆく。

書いたものを眼に見ることも知るである。話を耳に聞くも知るである。けれども眼にその実態を見るという知りかたは、なんときつい知りかたか。

これは、本書のごくごくはじめに書かれているが、『男』には一貫してこの知りかたが置かれて、読み手を鍛えてゆく。

鮭のはなしのつづきである。

生涯のしごとを果たし、精根尽きて死を待つ鮭を、この地ではほっちゃれと呼ぶのだという。

作家が出会った海の男はすなどりびと。深い雪のなかの記憶をしみじみ語るのだ。

……いたね。大きなほっちゃれがさ、からだじゅう腐って、みじめとも哀れとも、――おすなんだ。（中略）何日、人気も何もない処でそんなになって生きていたんだが、おれが来たんで跳ねたんだ。縁というようなものを感じたよ。それで、どうせもうだめなんだから、手に取ってやったよ。おれの手の上で、それでおしまいになったんだ。静かなもんだったよ。びくりともしないで寝ちゃったんだ。

「濡れた男」

ところでこの稿の冒頭、いい男、たくましい男なんてことを自然に頭のなかに描きながらの読書を久しぶりだ、とわたしは書いた。

かつて生物的な性の決定は、性染色体の結合がXXである場合は女、XYである場合は男、ということになっていた。ところが性の決定のメカニズムはそうはっきりしたものではなく、見た目の性となかみとが異なっている、あるいはずれている、という存在が明らかになってきた。

もともと、男女の区別はふたつにきっぱり分けられるようなものではない（と、わたしは考えている）。わが身をふり返っても、「あのときのわたしは、なんというか男性に近い感覚で働いていたような気がする」という場面がいくつか思い浮かぶ。

一方、恋愛をしているようなときには、大きく女性側に針が振れていたような。

「幸田さん、文さん」

と、わたしは「こころを寄せる場所」と呼んでいる居間の書棚の前で、ぶつぶつはじめる。

ここには、熊谷守一画伯の「佛前」という絵のはがき（白い卵が三つ描かれている）が飾ってあり、父と母、祖父母、叔父叔母、あの世に旅立ったなつかしい皆さんを思う場所なのだが、わたしはここで「幸田文さん」と、本気で話しかけるのだ。

「きょうは奈緒さん（文さんの孫にあたる随筆家の青木奈緒さん）とお目にかかるんですよ。たのしみです」

なんてやる。

「文さん、いまは小学校でも、男の子女の子と二種類に分けて、憚らないでいると、それだけで傷つける存在があるのです。からだは男なのになかみ（脳）は女、からだは女なのになかみ（脳）は男、という存在。そのほか、いろいろの性的指向や性の多様性がありま す」

「あら」

と文さんは云い、こうつづける。

「それはわたしのころもありましたよ。わたしの知る限りにおいても、あれこれ思い当たるけれど、隠されてもい、または本人も気づかずに、認めずに生きたという面が大きかったのではなかったか……」

「いまは、表白するひともふえ、研究も進んできました。性的マイノリティだけでなく、あらゆるひとの性を構成する要素や特徴を示す概念も生まれています。だけど、まだまだ差別や偏見があって、悩みを抱えているひとも少なくないのです」

「ひとはことを二分する癖を持っているでしょう？　善と悪。正と邪。女と男。子どもと大人……。それで、自分はどちら側につくかを決めようとしたりします。けれど少なくとも文学は、たとえそのときどちらか寄りになっていたとしても、もう一方をなつかしく眺める、理解しようとするところのものでしょう？　ね」

「はい。そうだわ、理解しようとしない相手に、はがゆい思いを抱えることもありそうですね」

「そんな思いが、きっとそれぞれの体験になってゆきますよ。悩みを抱えているひとのことを考えることも大事。そして少数派を差別したり排除しようとする存在にどう働きかけるか」

「……」

「幸田露伴がよくわたしに使った〈手〉ですけれど、自分が云うと娘が聞かないから、『ドイツの友人から、ものの持ち方はこう、片づけ方はこうだ、と聞いたのだよ』とか、そんな伝え方をしたの。そんなふうに、効果的な誰かさんの力を借りる手法もあるかもしれませんよ」

——空想対話であります、あしからず。

さいごになったが、本書は「婦人公論」をはじめとした雑誌の連載等から成っている。青木奈緒さんと、講談社文芸第一出版部の森山悦子さんが中心になって、編まれたのだと思う。その労作を促した背景には、現代の揺るぎが存在する。揺るぎはわるいばかりではないけれど、揺るぎっぱなしではこの世はくたびれてしまう。

このたび、森山悦子さんが「幸田文の文章。ものの見方が見事なまでに貫かれていますね」というメールをくださった。

そうだ、それだ。それを箍（たが）と呼んでしまっては縛りが過ぎようか、と逡巡し、しかし箍にもうつくしいもの、理解の行き届いたものとがあるのだというところにたどり着く。

『婦人公論』のおかげで、ほうぼうの男を見て歩くたびに、いよいよ惚れっぽくなったか、と。でも、それでいい。惚れる男がいてくれることは、なんと嬉しいことだ。

「火の人」

そう幸田文は書いている。

ひとを訪ねて話を聞く機会、ドキュメンタリータッチの読みもの、映画やテレビ番組もたくさんある。日常的にも、ひとの話に耳を傾けることの連続だ。あなたもそうだろう、わたしもである。

ひとを見るときも、ひとの話を聞くときも、わたしに足りないのは……。揺るぎっぱなしのこの世に足りないのは……。

もっと惚れなくては、と思う。

ひとはもっと、ひとにもこの世の生きものにも惚れなくては。

【初出一覧】

男
濡れた男　「婦人公論」昭和三四年一月
確認する　「婦人公論」昭和三四年二月
切除　「婦人公論」昭和三四年四月
火の人　「婦人公論」昭和三四年五月
傾斜に伐る　「婦人公論」昭和三四年六月
都会の静脈　「婦人公論」昭和三四年七月
まずかった　「婦人公論」昭和三四年八月
ちりんちりんの車　「婦人公論」昭和三四年九月
救急のかけはし　「婦人公論」昭和三四年一〇月
並んで坐る　「婦人公論」昭和三四年一一月
橋　「婦人公論」昭和三四年一二月
ちどりがけ　「朝日新聞」昭和四八年七月二一日
当世床屋譚　「家庭画報」昭和三三年八月
植える　「保健婦の結核展望」昭和三八年九月
出合いもの　「婦人公論」昭和四〇年一一月
いい男　「うえの」昭和六〇年九月

男のひと　「平和ふじん新聞」昭和三三年七月二五日
素朴な山の男　「女性自身」昭和三七年一〇月
男のせんたく　「うららか」昭和三七年八月
男へ　「東京日日新聞」昭和二四年七月三〇日

年譜

幸田文

一九〇四年（明治三七年）

九月一日、父幸田露伴、母幾美の次女として、東京府南葛飾郡寺島村大字寺島字新田（現・墨田区東向島一丁目）一七一六番地に生まれる。この時、姉歌は三歳、明治四〇年に弟成豊が誕生している。

一九〇八年（明治四一年）　四歳

東京府南葛飾郡寺島村大字寺島字新田一七三六番地の新居に転居。

一九一〇年（明治四三年）　六歳

四月八日、母幾美が死去。

一九一一年（明治四四年）　七歳

二月、父露伴が文学博士号を受ける。四月、寺島小学校に入学。

一九一二年（明治四五年・大正元年）　八歳

五月、姉歌が死去。一〇月、児玉八代を新しい母として迎える（大正二年七月入籍）。

一九一七年（大正六年）　一三歳

三月、寺島小学校を卒業し、翌月に麴町区（現・千代田区）にある女子学院に入学。夏休み期間中、父の教育を受けるようになり、以後、数年間続く。この頃から横尾安五郎に師事し論語の素読を習う。

一九二二年（大正一一年）　一八歳

三月、女子学院を卒業し、近所の掛川和裁稽古所に数ヵ月通う。

一九二三年（大正一二年）一九歳
九月一日、関東大震災に遭い、同月三日に千葉県四街道の岡倉一雄方に避難。
一九二四年（大正一三年）二〇歳
六月、小石川区表町（現・文京区小石川）六六番地に転居。
一九二六年（大正一五年・昭和元年）二二歳
一一月、弟成豊が死去。一二月末からチフスに感染、翌月には全快した。
一九二七年（昭和二年）二三歳
一月、父と伊豆旅行を楽しむ。小石川区表町七九番地に転居。露伴は自宅を蝸牛庵と命名。〈蝸牛庵というのはね、あれは家がないということさ。身一つでどこへでも行ってしまうということだ〉（露伴）。
一九二八年（昭和三年）二四歳
一二月、山本直良の媒酌で、新川の清酒問屋三橋家の三男、幾之助と結婚（幾之助は幸田家に入籍）。芝区伊皿子（現・港区三田四丁目）五五番地に住む。
一九二九年（昭和四年）二五歳
一一月三〇日、女児を出産し、玉と命名する。
一九三一年（昭和六年）二七歳
この年の秋、小石川区表町一〇九番地に転居。
一九三五年（昭和一〇年）三一歳
一一月、小林勇を訪ね、離婚について相談する。もう半年努力してみたらどうかという忠告を受ける。
一九三六年（昭和一一年）三二歳
二月、玉を連れて実家にもどる。三月、幾之助と一緒に暮す決心をし、翌月、大森区新井宿（現・大田区山王）二丁目一六四七番地のアパートに移る。秋頃、築地で会員制の小売酒屋を営む。〈それは酒の小売をやることで、のみ屋ではないが、自分で配達したりするのである。築地の電車の終点の傍にある貧弱なビルディングの一室にその店はあった〉（小林勇）。

一九三七年（昭和一二年）　三三歳

京橋区西八丁堀（現・中央区八丁堀）に店を構える。四月、露伴が第一回文化勲章受章者となる。七月、麴町区隼町に転居。

一九三八年（昭和一三年）　三四歳

二月、夫幾之助が肺壊疽で東大病院の都築外科に入院し、手術を受ける。五月一〇日、小林勇が離婚の証人となり幾之助と離別し、玉を連れて実家にもどる。

一九三九年（昭和一四年）　三五歳

五月、夕飯のときに、父から芭蕉七部集の『炭俵』の講義を受け始める。七月、父とともに御殿場へ避暑に出かける。

一九四三年（昭和一八年）　三九歳

一一月三日、大河内正敏宅で父露伴の喜寿の祝いが催され、斎藤茂吉、小泉信三、武者小路実篤等とともに出席。

一九四五年（昭和二〇年）　四一歳

一月、前年暮に腎臓病で倒れた父の看病疲れから肺炎に罹る。三月四日、長野県埴科郡坂城町にいた義母八代が死去。東京に対する空襲が激しくなり、同月二四日、坂城に疎開。五月二五日、空襲で伝通院の蝸牛庵が焼失する。一〇月、坂城を引払い、父を伊東の松林館に移す。同月、土橋利彦の斡旋で千葉県市川市菅野一二〇九番地に借家住いをする。

一九四六年（昭和二一年）　四二歳

一月二八日、父露伴が菅野の借家に移り同居する。六月一四日、叔母幸田延が死去。一一月三日、自宅でささやかながら露伴八〇歳の祝いをする。

一九四七年（昭和二二年）　四三歳

七月三〇日、父露伴が死去。〈文子さんが静かな声で「お父さん、お静まりなさいませ」といった〉（小林勇）。八月、「芸林閒歩」（露伴先生記念号）に「雑記」を寄稿し、好評を博す。一〇月、「文学」（露伴追悼号）に「終焉」を、翌月の「中央公論」に「葬送の記——臨終の父露伴——」を発表。小石川伝通院の旧居跡に家を建てて移る。

一九四八年（昭和二三年）　四四歳

五月、「少年少女」に童話「あか」を発表。「週刊朝日」（23日号）に談話「顔」が掲載される。七月三〇日、神田の共立講堂で行われた露伴一周忌記念会で挨拶をする。九月、「週刊朝日」（19日号）に「この世がくもん」を発表。一一月、「創元」に「あとみよそわか」を発表。一二月、「風花」に「おもひで二つ」、「放送文化」に「おんなの声」を発表。

一九四九年（昭和二四年）　四五歳

一月、「表現」に「正月記」を発表。「報知新聞」（夕刊）に「名も知らず」他を四回連載。二月、「中央公論」に幼少時代の綽名をタイトルにした「みそつかす」を連載（五月完結）。三月、「文学界」に「勲章」を発表。四月、「婦人公論」に小説「菜の花記」を発表。六月、「思索」に「姦声」を発表。同月、岩波書店より蝸牛会編纂による『露伴全集』第一期全二三巻を刊行開始（昭和二七年二月完結）し、月報に小文を執筆。七月、「報知新聞」（2日朝刊）に「目」を発表。一一月、「週刊朝日」（6日号）に高田保との対談「ふたつの椅子」が掲載される。一二月、中央公論社より『父——その死』を刊行。

一九五〇年（昭和二五年）　四六歳

三月、「中央公論」に「続みそつかす」を連載（八月完結）。四月、「毎日新聞」（7日夕刊）に談話「私は筆を絶つ」が掲載される。八月、創元社より『こんなこと』を刊行。一二月、『人生に関する五十八章』（河出書房刊）に、「掃除」の題で、「あとみよそわか」が抄録される。

一九五一年（昭和二六年）　四七歳

一月、「婦人公論」に「草の花」を連載（一一月まで）。四月、岩波書店より『みそつかす』を刊行。五月、弘文堂より『露伴の書簡』を編集刊行。八月、「東京新聞」（12日夕刊）に「水辺行事」を発表。一〇月、「心」に「髪」を発表。一二月、「暮しの手帖」に「雑話」を発表。

一九五二年（昭和二七年）四八歳
八月、河出書房より『露伴小品』を編集刊行。一一月三日、小石川の幸田家が東京都文化史跡の第一回指定を受ける。

一九五三年（昭和二八年）四九歳
五月、露伴七回忌記念「五重塔」上演に際し、歌舞伎座で招待会を開催。六月、河出書房より『続露伴小品』を編集刊行。八月、「文芸広場」に「花ぬすびと」を発表。一〇月、「アララギ」（斎藤茂吉追悼号）に「風」を発表。

一九五四年（昭和二九年）五〇歳
一月、「婦人公論」に「さゞなみの日記」を連載（一二月完結）。五月、叔父幸田成友が死去。六月、「俳句」に「段」を発表。岩波書店より『露伴全集』第二期全一七巻別巻一冊を刊行（昭和三三年七月完結）。七月、「新潮」に「黒い裾」を発表。九月、「文学界」に「二百十日」を発表。一一月、「随筆」に「廃園」を、「朝日新聞」（21日朝刊）に「六羽」を発表。一二月、「健康食」に「おふゆさんの鯖」を発表。

一九五五年（昭和三〇年）五一歳
一月、「新潮」に「流れる」を連載（一二月完結）。「婦人画報」に「日々断想」を連載（一二月完結）。三月、「心」に「雛」を発表。五月、「立教大学新聞」（20日号）に「白い手袋」を発表。六月、「随筆」に「風の記憶」を発表。七月、中央公論社より『黒い裾』を刊行。一〇月、中央公論社より『露伴蝸牛庵歌文』を編集刊行。

一九五六年（昭和三一年）五二歳
一月、「婦人公論」に「おとうと」を連載（翌年九月完結）。「婦人画報」に「身近にあるすきま」を連載（一二月完結）。「日本読書新聞」（1日号）に「〝みそっかす〟ができるまで」を再掲載。『黒い裾』で第七回読売文学賞を受賞。二月、「学鐙」に「紙」を、「中央公論」に「雨」を発表。新潮社より『流れる』を刊行。三月、「読売新聞」（1日朝刊）に「夕日と鮭」を、「別冊文藝春秋」に「あだな」を発表。「銀座百点」に座談会「露伴先生と芝居」が掲載される。四月、中央公論社より『さゞなみの日記』を刊行。六月、「日本読書新聞」（11日号）に書評「堀柳女著『人形に心あり』」を発表。新潮社より『ちぎれ雲』を刊行。七月、「朝日新聞」の「きのうきょう」欄に「夜空」（7日朝刊）他のエッセイを連載（一二月二九日まで）。二九日午後七時半より、伊藤保平との対談「文豪と酒」が文化放送で放送される。九月、「暮しの手帖」に「おにぎり抄」を、「文学界」に「夏されし」を、「あまカラ」に「火」を発表。一〇月、「あまカラ」に「まつたけ」を、「群像」に「えんぴつ」を発表。一一月、「婦人之友」に「卒業」を、「新潮」に「食欲」を、「小説新潮」に「町の犬」を発表。一二月、成瀬巳喜男監督の東宝映画「流れる」が第一一回芸術祭文部大臣賞を受賞。文藝春秋新社より『包む』を刊行。新潮社より『露伴蝸牛庵語彙』を編集刊行。『流れる』で第三回新潮社文学賞を受賞。

一九五七年（昭和三二年）五三歳
一月、「新潮」に「猿のこしかけ」を連載（一二月完結）。娘玉との対談「母子問答」が「婦人画報」に掲載される。「読売新聞」（4日夕刊）に「近況報告」を、「あまカラ」に「番茶と湯豆腐」を発表。二月、「婦人画報」に「暮していること」を連載（一二月完結）。「婦人公論」に「笛」を発表。新橋演舞場発行の「新派大合同二月公演」パンフレットに「〃流れる〃といふ言葉」を、「あまカラ」に「二月の味」を発表。四月、「新女苑」に「小部屋」を、「あまカラ」に「出合ひもの」を、「随筆サンケイ」に「小ばなし三つ」を発表。五月、「あまカラ」に「こころみ」を発表。六日、国際観光ホテルで芸術院賞・新潮社文学賞・読売文学賞の受賞パーティーが催される。『〈流れる〉おぼえがき』（私家版）を刊行。一二日、第一三回日本芸術院賞の授賞式に出席。六月、「婦人朝日」に「どうせ馬鹿」を連載（一二月完結）。七月、中央公論社より『笛』を刊行。八月、「あまカラ」に「夏の台所」を発表。九月、「婦人之友」に座談会「ものを書くこころ」が掲載される。中央公論社より『おとうと』を刊行。一〇月、「あまカラ」に「秋の味」を発表。角川書店より『身近にあるすきま』を刊行。

一九五八年（昭和三三年）五四歳

一月、「婦人公論」に「駅」を連載（一二月完結）。「婦人画報」に「栗いくつ」を連載（一二月完結）。「群像」に「雪もち」を、「新潮」に「不機嫌な人」を発表。「朝日新聞」（1日朝刊）に「境」を発表。二月、「あまカラ」に「食べるものを話す」を、「中央公論」に「裏口から入る人」を発表。三月一六日より、「NHK新聞」の「回転どあ」欄に連載（翌年一二月二七日完結）。四月、「茶の間」に「やけどばなし」を、「銀座百点」に「銀座の人」を発表。東京創元社より『番茶菓子』を刊行。五月、「週刊読書人」（5日号）に「推理小説書けない記」を発表。六月、「アカハタ」（2日）に「おしろい」を発表。七月、中央公論社より『幸田文全集』全七巻を刊行（翌年二月完結）。九月、新潮社より『猿のこしかけ』を刊行。一〇月、村山知義演出の「おとうと」が新橋演舞場で上演される。一一月、「週刊朝日」別冊に「草履」を発表。

一九五九年（昭和三四年）　五五歳

一月、「婦人公論」に「ルポルタージュ男」を連載（一二月完結）。「少女ブック」に「ふとった子」を連載（七月完結）。「婦人画報」に「動物のぞき」を連載（一二月完結）。「婦人之友」に「北愁」を連載（翌年九月完結）。「西日本新聞」に「雀の手帖」を一〇〇回連載（五月六日完結）。三月、中央公論社より『駅』を刊行。六月、「毎日新聞」の「憂楽帳」欄に「参考書」（5日夕刊）他のエッセイを連載（八月二八日完結）。七月、「うえの」に「つきあたり」を発表。「産経新聞」の「風神」欄に「置石」（5日夕刊）他を連載（八月一六日完結）。八月、「産経新聞」の「思うこと」欄に「夜」（23日夕刊）他を連載（九月二七日まで）。一〇月、「うえの」に「上野駅」を発表。中央公論社より『草の花』を刊行。一一月、長女玉が肺結核専門医青木正和と結婚。一二月、「朝日新聞」（14日朝刊）に「はなむけ」を発表。「読売新聞」（27日朝刊）に中山伊知郎との対談「父・露伴」が掲載される。

一九六〇年（昭和三五年）　五六歳

二月、「うえの」に「いり豆」を、三月、「朝日新聞」（20日朝刊）に「のろのろと」を発表。五月、「若い女性」に「離れるということ」を発表。六月、「酒」に「芦つ原」を発表。八月、「週末旅行」に「旅ざかり」を発表。一一月、「茶の間」に「せまいはなし」を発表。一二月、市川崑監督の大映映画「おとうと」が第一五回芸術祭文部大臣賞を受賞。

一九六一年（昭和三六年）　五七歳

四月、「新潟日報」の「夕閑帖」欄に「しあわせぼけ」他を四回連載（六月二五日完結）。五月、「週刊文春」（29日号）に「おんなと靴下」を連載（七月一〇日完結）。六月、「うえの」に「ながあめ」を、八月、「学鐙」に「川すじ」を発表。一〇月一二日、男子の初孫、尚が誕生。

一九六二年（昭和三七年）　五八歳

一月、「朝日新聞」（30日朝刊）に「消防車」を発表。四月、「新潮」に「ひとり暮し」を発表。五月、「文芸朝日」に「あじの目だま」を発表。六月、「いづみ」に「木と私」を、「新潮」に「台所のおと」を発表。七月、「うえの」に座談会「ゆかた談義」が掲載される。一〇月、「若い女性」に「ゆでたまご」を、「新潮」に「あらしの余波」を発表。一一月、「小説新潮」に「茶碗の塔」を、「文芸朝日」に「紺平の弟子入り」を発表。

一九六三年（昭和三八年）　五九歳

一月、「婦人之友」に「祝辞」を発表。二月、「うえの」に「針供養」を発表。四月、「新潮」に「あとでの話」を発表。八日、叔母のバイオリニスト安藤幸が死去。一四日、女子の孫、奈緒子が誕生。五月、「銀座百点」に「風の晩」を発表。「随筆サンケイ」に「寺島蝸牛庵あと」他を連載（一二月完結）。一〇日午後八時より、NHKテレビの番組「文芸劇場」で戌井市郎脚色の「流れる」が放送される。六月、「朝日新聞」（22日朝刊）に「棒縞」を発表。七月、「文芸朝日」に「下町のしっぽ」を発表。「新潟日報」の「おんなとくらし」欄に「夏をきざむ」（16日朝刊）他を連載（昭和四〇年一月一二日まで）。八月、「新潮」に「おないどし」を発表。九月、「うえるかむ」に「旅のくせ」を発表。一〇月、「新潮」に「ぬり箸たけ箸」を発表。

一九六四年（昭和三九年）　六〇歳

一月、「文芸朝日」に「日向ぼっこ」を発

表。一一月、「心」に「玉虫」を発表。一二月、「文芸朝日」に「鍋の歳末」を発表。

一九六五年（昭和四〇年）六一歳

一月、「婦人之友」に「闘」を連載（一二月完結）。「短歌研究」に「机辺」他のエッセイを連載（一一月完結）。「朝日新聞」（10日朝刊）に「好きなこと好きなもの」を発表。三月、「父母教室」に談話「女のしあわせ」を、「朝日新聞」（5日夕刊）に「きいろい花」を、同紙（13日朝刊）に「川すじの思い」を発表。四月、「月刊東海テレビ」に「金色の歯」を発表。六月、「心」に「たまの好い日」を発表。「新潮」に「きもの」を連載（昭和四三年八月まで）。八月、「暮しの手帖」に「電子計算機さま、私に一番向いてる職業を教えて下さい」を発表。一〇月、「こうさい」に「秋冬随筆」を連載（翌年三月完結）。「朝日新聞」（29日朝刊）に「文火武火（ぶんかぶか）」を発表。一一月、「朝日新聞」（26日朝刊）に「小取（こど）りまわし」を発表。一二月、「暮しの手帖」に「もちこみ」を、「朝日新聞」（24日朝刊）に「重い母」を発表。

一九六六年（昭和四一年）六二歳

一月、「教育家庭新聞」（1日号）に「下手な天ぷら」を、「文芸」に「呼ばれる」を発表。「暮しの設計」に「暮しのことば」を連載（九月完結）。二月、「文藝春秋」に「みみずく」を、「朝日新聞」（4日朝刊）に「〝なみ〟なあいさつ」を発表。三月、「朝日新聞」（4日朝刊）に「水」を発表。五月、「日本文学一〇〇年の流れ——明治の文豪展」カタログに「父の思い出」を再録。七月、「心」（小宮豊隆追悼号）に「かえ紋」を、「婦人公論」に「もの言わぬ一生の友」を発表。

一九六七年（昭和四二年）六三歳

一月、「毎日グラフ」の「イヤホン」欄に「きもの」を連載（一二月完結）。二月、「家庭画報」の「奥様の手帖」欄に「雫」他を連載（一二月完結）。一二日、「私の生きかた」と題し桐朋学園で講演。八月、「うえの」に「すえひろ」を、「学鐙」に「ひょうたん」を発表。一二月、「新潟日報」の「女とくらし」欄に「女のこごと」（3日朝刊）他を一五回連載。

一九六八年（昭和四三年）　六四歳

一月、「心」に「地がね」を発表。「主婦の友」に「おんな十二ヵ月」を連載（一二月完結）。五月、「うえの」に「さつきの鯉の吹流し」を、「学鐙」に「すわる」を発表。九月、「暮しの設計」に「たねを播く」を発表。

一九六九年（昭和四四年）　六五歳

一月、「楽しいわが家」に「くらしのうちそと」を連載（一二月完結）。三月、「新潟日報」に「ピーナツ」他を一〇回連載。五月、「うえの」に「切通し風景」を発表。八月、『対話の精神』（桐朋教育研究所）に「わたしの生きかた」を収録。九月、「うえの」に「月の塵」を発表。一二月、「婦人之友」に「おきみやげ」を発表。

一九七〇年（昭和四五年）　六六歳

三月、「うえの」に「春のきざし」を発表。四月、「ひろば」に「にがて」を発表。五月、「朝日新聞」（28日朝刊）の「舞台再訪——私の小説から」欄に寄稿。一〇月、「うえの」に「濃紺」を発表。

一九七一年（昭和四六年）　六七歳

一月、「学鐙」に「木」を二〇回連載（昭和五九年六月まで）。四月、「ひろば」に「すみれ」を発表。五月、「朝日新聞」（23日朝刊）に「荒々しい好意」を発表。八月、「うえの」に「夏の錯覚」を、「中央公論」に「法輪寺の塔」を発表。一〇月、「うえの」に「あと　ほのぼのと」を、「朝日新聞」（31日朝刊）に「秋の季感」を発表。一二月、「朝日新聞」に「胸の中の古い種」を三回連載

（13、20、27日朝刊）。この年、各所で法輪寺に関する講演を行う。

一九七二年（昭和四七年）六八歳

三月、「文藝春秋」に「花の匂い」を発表。五月、「図書」に「蝸牛庵静寂」を発表。九月、「婦人之友」に「終止」を発表。一二月、「朝日新聞」（8日朝刊）が法輪寺三重塔復元に尽力する姿を、「飛鳥の塔復元に打込む幸田文さん」という記事で紹介。

一九七三年（昭和四八年）六九歳

四月、「暮しの手帖」に「ございません」他のエッセイを連載（昭和五〇年四月完結）。六月、新潮社より『闘』を刊行。七月、「朝日新聞」（20日朝刊）に「ちどりがけ」を発表。八月、「波」に「生き継ぐ」を発表。九月五日、『闘』が第一二回女流文学賞に決まり、一〇月一六日、丸の内の東京会館で授賞式が催される。一一月、「朝日新聞」（22日朝刊）に「露伴全集のこと」を発表。

一九七四年（昭和四九年）七〇歳

一月、「婦人公論」に「福」を発表。

一九七五年（昭和五〇年）七一歳

一月、「波」に「上棟」を発表。四月、「図書」に「再建の塔」を発表。六月、「ひろば」に「音」を発表。

一九七六年（昭和五一年）七二歳

一月、「学鐙」に「杉(1)」を発表。二月、「俳句」（角川源義追悼号）に「心づかい」を発表。「朝日新聞」に「春はまだ寒く」を五回連載。三月、「新潮」に「老いのほど」を、「学鐙」に「杉(2)」を、「週刊文春」（11日号）に「塔は歳月を経て姿をきめる」を発表。四月、「学鐙」に「木のきもの」を発表。六月、「学鐙」に「安倍峠にて」を、「うえの」に「杉柴の道」を発表。八月、「婦人公論」に「倒木」を発表。九月、「学鐙」に「たての木よこの木」を、「図書」に「いかるが三井」を発表。一一月、「オール読物」に

「目出しダルマ」を発表。「婦人之友」に「崩れ」を連載（翌年一二月完結）。この月、日本芸術院会員に選ばれる。

一九七七年（昭和五二年）　七三歳

一月、「学鐙」に「木のあやしさ」を発表。「世界」に西岡常一との対談「檜が語りかける」が掲載される。二月、「学鐙」に「杉(3)」を、「読売新聞」（1日夕刊）に「寒あける」を発表。同月、「日記から」を「朝日新聞」に連載（三月一二日まで）。五月、「うえの」に「あだ名」を、「新潮」に「くさ笛」を発表。六月、「うえの」に「金魚」を発表。

一九七八年（昭和五三年）　七四歳

一月、「学鐙」に「灰」を発表。二月、「文芸」に「記憶」を発表。四月、「学鐙」に「材のいのち」を発表。八月、「雑草とさかな」他を「ウーマン」に連載（翌年四月まで）。一〇月、「うえの」に「あき」を発表。

一九七九年（昭和五四年）　七五歳

一月、「うえの」に入江相政との対談「日本の心」が掲載される。五月、「うえの」に「再会」を発表。

一九八〇年（昭和五五年）　七六歳

一月、「うえの」に「鯉こく」を発表。「図書」に座談会「東京言葉」が掲載される。二月、「新潮」に「オンコの木と再び逢う」を発表。一〇月、「図書」に「子どものころ」を発表。

一九八一年（昭和五六年）　七七歳

一月、「うえの」に「むかし正月　いま正月」を発表。二月、「建設月報」に「砂」を発表。五月、テレビ朝日の番組「徹子の部屋」に出演し、二一日午後一時一五分より放送される。「朝日新聞」（25日朝刊）のテレビ番組欄「ビデオテープ」に「徹子の部屋」のトークが抄録される。八月、「学鐙」に「この春の花」を発表。九月、「婦人之友」に辻邦生との対談「人生と〝縁〟を語る」が掲載される。「うえの」に「かぶりもの」を発表。
一九八二年（昭和五七年）　七八歳
三月、「うえの」に「いきもの」を発表。五月、「新潮45+」に「一点の青」を発表。一〇月、「学鐙」に「松 楠 杉」を発表。
一九八三年（昭和五八年）　七九歳
一月、「うえの」に「うめ」を発表。四月、「うえの」に「はなと水」を発表。七月、「明日の友」に「落花艶麗」を発表。
一九八四年（昭和五九年）　八〇歳
五月、「うえの」に「いいお年ごろ」を発表。「新潮45+」に対談「明治の男いまの男」が掲載される。六月、「学鐙」に「ポプラ」を発表。
一九八五年（昭和六〇年）　八一歳
九月、「うえの」に「いい男」を発表。一二月、「旅」に「お寺さんと坂――小石川――」を発表。
一九八六年（昭和六一年）　八二歳
七月、「婦人之友」に「遠花火」を発表。
一九八八年（昭和六三年）　八四歳
一月、「グリーン・パワー」に「むら育ち」を連載（一二月まで）。四月、「婦人之友」に「私のいい男ばなし」を連載（六月まで）。五月、脳溢血で倒れ、自宅で療養。
一九九〇年（平成二年）　八六歳
一〇月二六日、心筋梗塞の発作を起し、三一日午前三時四〇分、心不全のため死去。一一月二日午前一一時半より、小石川の自宅で告別式が行われる。喪主は孫の尚。
一九九四年（平成六年）　没後四年
八月、娘玉が『小石川の家（うち）』で作家デビュー。一二月、岩波書店より『幸田文全集』第一期全二三巻の刊行開始（平成九年二月完結）。
一九九八年（平成一〇年）　没後八年
九月、孫奈緒子（青木奈緒）が『ハリネズミの道』で作家デビュー。

二〇〇一年（平成一三年）没後一一年
七月、岩波書店より『幸田文全集』第二期全二三巻、別巻一の刊行開始（平成一五年六月完結）。一〇月、東京都近代文学博物館で、露伴、文、玉、奈緒の展示を中心にした「幸田家の人々」展が開催される。
二〇一三年（平成二五年）没後二三年
一〇月、世田谷文学館で初の単独文学展「幸田文」展が開催される。

（藤本寿彦・編）

著書目録

幸田文

【単行本】

父――その死	昭24・12	中央公論社
こんなこと	昭25・8	創元社
みそつかす	昭26・4	岩波書店
黒い裾	昭30・7	中央公論社
流れる	昭31・2	新潮社
さゞなみの日記	昭31・4	中央公論社
ちぎれ雲	昭31・6	新潮社
包む	昭31・12	文藝春秋新社
〈流れる〉おぼえがき	昭32・5	私家版
	(昭32・11	経済往来社)
笛	昭32・7	中央公論社
おとうと	昭32・9	中央公論社
身近にあるすきま	昭32・10	角川書店
番茶菓子	昭33・4	東京創元社
猿のこしかけ	昭33・9	新潮社
駅	昭34・3	中央公論社
草の花	昭34・10	中央公論社
闘	昭48・6	新潮社
崩れ	平3・10	講談社
木	平4・6	新潮社
台所のおと	平4・9	講談社
きもの	平5・1	新潮社
季節のかたみ	平5・6	講談社
雀の手帖	平5・12	新潮社
月の塵	平6・4	講談社
動物のぞき	平6・6	新潮社

幸田文対話　平9・3　岩波書店
幸田文しつけ帖　平21・2　平凡社
幸田文台所帖　平21・3　平凡社
幸田文きもの帖　平21・4　平凡社
幸田文季節の手帖　平22・2　平凡社
幸田文旅の手帖　平22・3　平凡社
幸田文どうぶつ帖　平22・4　平凡社
（以下編著）
露伴の書簡　昭26・5　弘文堂
露伴小品　昭27・8　河出書房
続露伴小品　昭28・6　河出書房
露伴蝸牛庵歌文　昭30・10　中央公論社
露伴蝸牛庵語彙　昭31・12　新潮社

【全集】

幸田文全集　昭33・7〜昭34・2
全七巻　中央公論社
幸田文全集（第一期）　平6・12〜平9・2
全二三巻　岩波書店
幸田文全集（第二期）　平13・7〜平15・6
全二三巻、別巻一　岩波書店
創作代表選集16、19　昭30・9、昭32・4　講談社
年鑑代表シナリオ集
一九五六年版　昭32・8　三笠書房
現代国民文学全集35　昭33・10　角川書店
現代紀行文学全集2　昭34・9　修道社
日本文学全集59　昭34・12　新潮社
新選現代日本文学全集12　昭35・5　筑摩書房
年鑑代表シナリオ集
一九六〇年版　昭36・5　ダヴィッド社
昭和文学全集15　昭37・6　角川書店
世界の旅10　昭37・9　中央公論社
世界教養全集別巻I　昭37・11　平凡社
少年少女日本文学全集21　昭38・5　講談社
文学選集28　昭38・7　講談社

日本の文学50　昭41・6　中央公論社
日本現代文学全集96　昭41・9　講談社
現代の文学13　昭41・11　河出書房新社
人生の本1　昭41・11　文藝春秋
現代文学大系39　昭43・1　筑摩書房
生活の本4、7、10　昭43・2、5、8　文藝春秋
現代日本文学館40　昭43・6　文藝春秋
10冊の本2、10　昭43・10、昭44・5　主婦の友社
日本短篇文学全集7　昭44・4　筑摩書房
現代日本文学大系69　昭44・11　筑摩書房
カラー版日本文学全集33　昭45・1　河出書房新社
日本文学全集30　昭46・7　新潮社
新編人生の本9　昭47・6　文藝春秋
新潮日本文学38　昭48・12　新潮社
現代の女流文学5　昭49・12　毎日新聞社
現代日本紀行文学全集　東日本編　昭51・8　ほるぷ出版
少年少女日本文学全集21　昭52・2　講談社
筑摩現代文学大系40　昭53・9　筑摩書房
現代短編名作選5　昭55・1　講談社
新潮現代文学34　昭55・5　新潮社
老いの生きかた　昭63・8　筑摩書房
昭和文学全集8　昭63・9　小学館
ちくま日本文学全集51　平5・4　筑摩書房
新・ちくま文学の森5　平7・1　筑摩書房
日本の名随筆（以下すべて別巻）61、68、70、71、76、77、79、80、89　平8・3、10、12、平9・1、6、7、9、10、平10・7　作品社
時間の香り　平9・9　八坂書房
女性作家シリーズ1　平10・3　角川書店
花の名随筆5、11、12　平11・4、10　作品社
いのちの文箱　平17・4　菁柿堂

文士の意地　平17・8　作品社
すし　平18・4　リブリオ出版
ショートショートの広場　平18・9　講談社
バナナは皮を食う　平20・12　暮しの手帖社
私小説の生き方　平21・6　アーツ・アンド・クラフツ
音　平22・10　ポプラ社
新現代文学名作選　平24・2　明治書院
精選女性随筆集1　平24・2　文藝春秋
日本近代短篇小説選　昭和篇3　平24・10　岩波書店

【文庫】

こんなこと（解＝塩谷賛）　昭26　創元文庫
父――その死（解＝塩谷賛）　昭28　創元文庫
幸田文随筆集1　父・こんなこと（解＝塩谷賛）　昭29　角川文庫
父・こんなこと（解＝塩谷賛）　昭30　新潮文庫
流れる（解なし）　昭31　新潮小説文庫
流れる（解＝高橋義孝）　昭32　新潮文庫
おとうと（解＝篠田一士）　昭43　新潮文庫
黒い裾（解＝秋山駿）　昭43　新潮文庫
北愁（解＝芹川嘉久子）　昭47　新潮文庫
みそっかす（解なし）　昭58　岩波文庫
闘（解＝小松伸六）　昭59　新潮文庫
ちぎれ雲（人＝中沢けい　年＝藤本寿彦　著）　平5　文芸文庫
番茶菓子（人＝勝又浩　年＝藤本寿彦　著）　平5　文芸文庫
包む（人＝荒川洋治　年＝藤本寿彦　著）　平6　文芸文庫
崩れ（解＝川本三郎　年＝藤本寿彦）　平6　講談社文庫
台所のおと（解＝高橋英夫）　平7　講談社文庫
木（解＝佐伯一麦）　平7　新潮文庫

草の花（解＝池内紀　年＝藤本寿彦　著）　平8　文芸文庫
季節のかたみ　平8　講談社文庫
（解＝森まゆみ）
きもの（解＝辻井喬）　平8　新潮文庫
月の塵（解＝森まゆみ）　平9　講談社文庫
雀の手帖　平9　新潮文庫
（解＝出久根達郎）
駅・栗いくつ（解＝鈴村和成　年＝藤本寿彦　著）　平10　文芸文庫
猿のこしかけ（解＝小林裕子　年＝藤本寿彦　著）　平11　文芸文庫
回転どあ・東京と大阪と（解・年＝藤本寿彦　著）　平13　文芸文庫
台所のおと　みそっかす　平15　岩波少年文庫
（解＝青木奈緒）
さざなみの日記（解＝村松友視　年＝藤本寿彦　著）　平19　文芸文庫
黒い裾（解＝出久根達郎　年＝藤本寿彦　著）　平19　文芸文庫
幸田文対話　上（解＝堀江敏幸）　平24　岩波現代文庫
幸田文対話　下（解＝青木玉）　平24　岩波現代文庫
北愁（解＝群ようこ　年＝藤本寿彦　著）　平25　文芸文庫

「著書目録」には原則として再刊本等は入れなかった。（　）内の略号は、解＝解説　人＝人と作品　年＝年譜　著＝著書目録を示す。

（作成・藤本寿彦）

本書は『幸田文全集』第二巻、第一〇巻、第一一巻、第一三巻、第一四巻、第一五巻、第二〇巻、第二一巻（一九九五年一月〜一九九六年八月、岩波書店刊）を底本として使用し、新かなづかいにして多少ふりがなを調整しました。なお作中の表現で、今日からみれば不適切なものがありますが、作品が書かれた時代背景と作品的価値、および著者が故人であることなどを考慮し、原文のままとしました。よろしくご理解のほどお願いいたします。

男（おとこ）
幸田文（こうだあや）
二〇二〇年七月一〇日第一刷発行
発行者——渡瀬昌彦
発行所——株式会社 講談社
東京都文京区音羽2・12・21 〒112-8001
電話 編集（03）5395・3513
販売（03）5395・5817
業務（03）5395・3615
デザイン——菊地信義
印刷——豊国印刷株式会社
製本——株式会社国宝社
本文データ制作——講談社デジタル製作

定価はカバーに表示してあります。

講談社
文芸文庫
ISBN978-4-06-520376-7

川端康成 ─非常|寒風|雪国抄 川端康成傑作短篇再発見 富岡幸一郎─解/川端香男里─年
川村 湊編 ─現代アイヌ文学作品選 川村 湊──解
上林暁 ──白い屋形船|ブロンズの首 高橋英夫──解/保昌正夫──案
上林暁 ──聖ヨハネ病院にて|大懺悔 富岡幸一郎─解/津久井 隆──年
木下杢太郎 ─木下杢太郎随筆集 岩阪恵子──解/柿谷浩一──年
金達寿 ──金達寿小説集 廣瀬陽一──解/廣瀬陽一──年
木山捷平 ─氏神さま|春雨|耳学問 岩阪恵子──解/保昌正夫──案
木山捷平 ─井伏鱒二|弥次郎兵衛|ななかまど 岩阪恵子──解/木山みさを─年
木山捷平 ─鳴るは風鈴 木山捷平ユーモア小説選 坪内祐三──解/編集部──年
木山捷平 ─落葉|回転窓 木山捷平純情小説選 岩阪恵子──解/編集部──年
木山捷平 ─新編 日本の旅あちこち 岡崎武志──解
木山捷平 ─酔いざめ日記
木山捷平 ─[ワイド版]長春五馬路 蜂飼 耳──解/編集部──年
清岡卓行 ─アカシヤの大連 宇佐美 斉──解/馬渡憲三郎─案
久坂葉子 ─幾度目かの最期 久坂葉子作品集 久坂部 羊──解/久米 勲──年
草野心平 ─口福無限 平松洋子──解/編集部──年
窪川鶴次郎 ─東京の散歩道 勝又 浩──解
倉橋由美子 ─スミヤキストQの冒険 川村 湊──解/保昌正夫──案
倉橋由美子 ─蛇|愛の陰画 小池真理子─解/古屋美登里─年
黒井千次 ─群棲 高橋英夫──解/曾根博義──案
黒井千次 ─たまらん坂 武蔵野短篇集 辻井 喬──解/篠崎美生子─年
黒井千次 ─一日 夢の柵 三浦雅士──解/篠崎美生子─年
黒井千次選 ─「内向の世代」初期作品アンソロジー
黒島伝治 ─橇|豚群 勝又 浩──人/戎居士郎──年
群像編集部編 ─群像短篇名作選 1946～1969
群像編集部編 ─群像短篇名作選 1970～1999
群像編集部編 ─群像短篇名作選 2000～2014
幸田文 ──ちぎれ雲 中沢けい──人/藤本寿彦──年
幸田文 ──番茶菓子 勝又 浩──人/藤本寿彦──年
幸田文 ──包む 荒川洋治──人/藤本寿彦──年
幸田文 ──草の花 池内 紀──人/藤本寿彦──年
幸田文 ──駅|栗いくつ 鈴村和成──解/藤本寿彦──年
幸田文 ──猿のこしかけ 小林裕子──解/藤本寿彦──年
幸田文 ──回転どあ|東京と大阪と 藤本寿彦──解/藤本寿彦──年

▶解=解説 案=作家案内 人=人と作品 年=年譜を示す。 2020年7月現在

幸田文 ――さざなみの日記　村松友視――解／藤本寿彦――年
幸田文 ――黒い裾　出久根達郎-解／藤本寿彦――年
幸田文 ――北愁　群ようこ――解／藤本寿彦――年
幸田文 ――男　山本ふみこ-解／藤本寿彦――年
幸田露伴 ―運命|幽情記　川村二郎――解／登尾豊――案
幸田露伴 ―芭蕉入門　小澤實――解
幸田露伴 ―蒲生氏郷|武田信玄|今川義元　西川貴子――解／藤本寿彦――年
幸田露伴 ―珍饌会 露伴の食　南條竹則――解／藤本寿彦――年
講談社編 ――東京オリンピック 文学者の見た世紀の祭典　高橋源一郎-解
講談社文芸文庫編-第三の新人名作選　富岡幸一郎-解
講談社文芸文庫編-追悼の文学史
講談社文芸文庫編-大東京繁昌記 下町篇　川本三郎――解
講談社文芸文庫編-大東京繁昌記 山手篇　森まゆみ――解
講談社文芸文庫編-『少年倶楽部』短篇選　杉山亮――解
講談社文芸文庫編-『少年倶楽部』熱血・痛快・時代短篇選　講談社文芸文庫-解
講談社文芸文庫編-素描 埴谷雄高を語る
講談社文芸文庫編-戦争小説短篇名作選　若松英輔――解
講談社文芸文庫編-「現代の文学」月報集
講談社文芸文庫編-明治深刻悲惨小説集 齋藤秀昭選　齋藤秀昭――解
講談社文芸文庫編-個人全集月報集 武田百合子全作品・森茉莉全集
小島信夫 ―抱擁家族　大橋健三郎-解／保昌正夫――案
小島信夫 ―うるわしき日々　千石英世――解／岡田啓――年
小島信夫 ―月光|暮坂 小島信夫後期作品集　山崎勉――解／編集部――年
小島信夫 ―美濃　保坂和志――解／柿谷浩一――年
小島信夫 ―公園|卒業式 小島信夫初期作品集　佐々木敦――解／柿谷浩一――年
小島信夫 ―靴の話|眼 小島信夫家族小説集　青木淳悟――解／柿谷浩一――年
小島信夫 ―城壁|星 小島信夫戦争小説集　大澤信亮――解／柿谷浩一――年
小島信夫 ―[ワイド版]抱擁家族　大橋健三郎-解／保昌正夫――案
後藤明生 ―挾み撃ち　武田信明――解／著者――年
後藤明生 ―首塚の上のアドバルーン　芳川泰久――解／著者――年
小林勇 ――惜櫟荘主人 一つの岩波茂雄伝　高田宏――人／小林堯彦他-年
小林信彦 ―[ワイド版]袋小路の休日　坪内祐三――解／著者――年
小林秀雄 ―栗の樹　秋山駿――人／吉田凞生――年
小林秀雄 ―小林秀雄対話集　秋山駿――解／吉田凞生――年

講談社文芸文庫

幸田 文

男

働く男性たちに注ぐやわらかな眼差し。現場に分け入り、プロフェッショナルたちと語らい、体感したことのみを凛とした文章で描き出す、行動する作家の随筆の粋。

解説=山本ふみこ　年譜=藤本寿彦

こF11
978-4-06-520376-7

殁後30年

幸田文　随筆の世界

『ちぎれ雲』『番茶菓子』『包む』『回転どあ・東京と大阪と』

見て歩く。心を寄せる。
殁後三〇年を経てなお読み継がれる、幸田文の随筆群。